根源の岩戸全開MAX!!!

根源の岩戸開きⅡ

Ascension ∞ Gate

アセンション・ファシリテーター Ai（アイ）

明窓出版

根源の岩戸開きⅡ——目次

第三章　兆し

第四章　愛の化身

はじめに　アセンション・ファシリテーター Ａｉ

親愛なる、日の本のアセンション・ライトワーカーの皆さま、こんにちは！！！

皆さんも、日々、感じておられると思いますが、地上のすべてが、今、大変な時に来ています。

同時に、この上なく偉大なエネルギーも動いています。それは、宇宙の創始から、すべての存在が待ちに待っていたものです！！！

地上のすべてが最も大変な時だからこそ動いているものであり、皆さんのハイアーセルフ（高次の自己）を含む、すべての高次の動きでもあります。

そして、すべての存在の本源であり、還る所であり、目的地です。

前著でお伝えしましたように、本来は無かったＡＤ二〇〇〇年以降の地上のアカシック。日の本のアセンション・ライトワーカーの皆さんと、各界の努力により、なんとか存続してきましたが、いよいよラスト、ファイナルステージの始動のようです！！！

〈謎の白鬚仙人様〈地球神〉からの夢のお告げ〈！？〉でも、二〇二〇年へ向けたこれからが、ラスト＆ファイナルステージのようです〉

そのステージとはどのようなものなのか!? そのためにどのような準備をしたらよいのか!?

それを知るために、本書の内容が皆さまに役立てば幸いです!!!

前著『根源の岩戸開き』は、これまでの動きの第一弾の完結編でしたが、二〇一六年から二〇一七年にかけての動きがさらに重要なものであったため、急きょ、パートⅡとして発刊することとなりました!!!

トータルで俯瞰すると、特に二〇一七年の初めは、まさに明確に《アクエリアス》の分岐点となっています!!!

いよいよ、始まったのです!!!!!!!!!!!!

地上が今とても大変な状況なのは、終わりゆく、古いエネルギーであるからです。

新たなエネルギーとシステムを、創造していく必要があるからです。

そして!!! アセンション後の地球、アセンション後の宇宙も、すでに存在しているのです!!!!

我々が望めば、今すぐにでも、そこにつながることができるのです!!!!!!!!!

本書は皆さまに、宇宙創始からの、一人ひとりの魂の願い、想い、目的を思い出していただき、目覚め、それを遂げていただくことという目的があり、そのために役立てればこんなに嬉しいことはありません。

【今】が、まさに、その時なのです!!!!!!!!!!!!

第一章

シフト（統合）

根源の光

前著『根源の岩戸開き』でお伝えしましたように、二〇一五年から二〇一六年にかけては、とても重要な動きとなりました。

それまでのすべての成果により、特に二〇一六年の一月から二月にかけては、史上初めて！！！！！根源の岩戸が開いたのです！！！！！！

――それは、壮大な神話のようでした。根源の太陽神界から、神聖で荘厳な光が降りてきて、一人ひとりが誓約（うけひ）、契りとしての象徴の御神鏡を受け取ったと感じました。

この時に、無限大の可能性が開けたのです！！！！！！

根源からのエネルギーも、第一弾が完全に通りました。

しかしこれも、常にそのポータルとなる神人が地上に増えないと、キープができません。

そして、根源の神人のイニシエーションも、第一弾はほとんどがハイアーセルフのレベルですので、しっかりと詰めていく必要があります。

二〇一六年は、そうしたことが徐々に始動しました。

――春の兆しが少しずつ現れ始めた三月上旬に、とても不思議なヴィジョンを観ました。

新アセンション宇宙ではなく、大晦日の暗闇の中に、現在の旧宇宙空間が目の前にありました。

――それはまるで、宇宙規模のブラックボックスという感じです……！！

その中には、まったく光がありません。

そして……！！　その空間の上には……！！！！

根源の光でできたような、燦然《さんぜん》と輝く、ホワイト・ロータスのような花がありました！！！！！

その根源の光の花から……一筋の根源の光が、宇宙の光のスシュムナー（背骨の中心）のように降りてきたのです！！！！！！

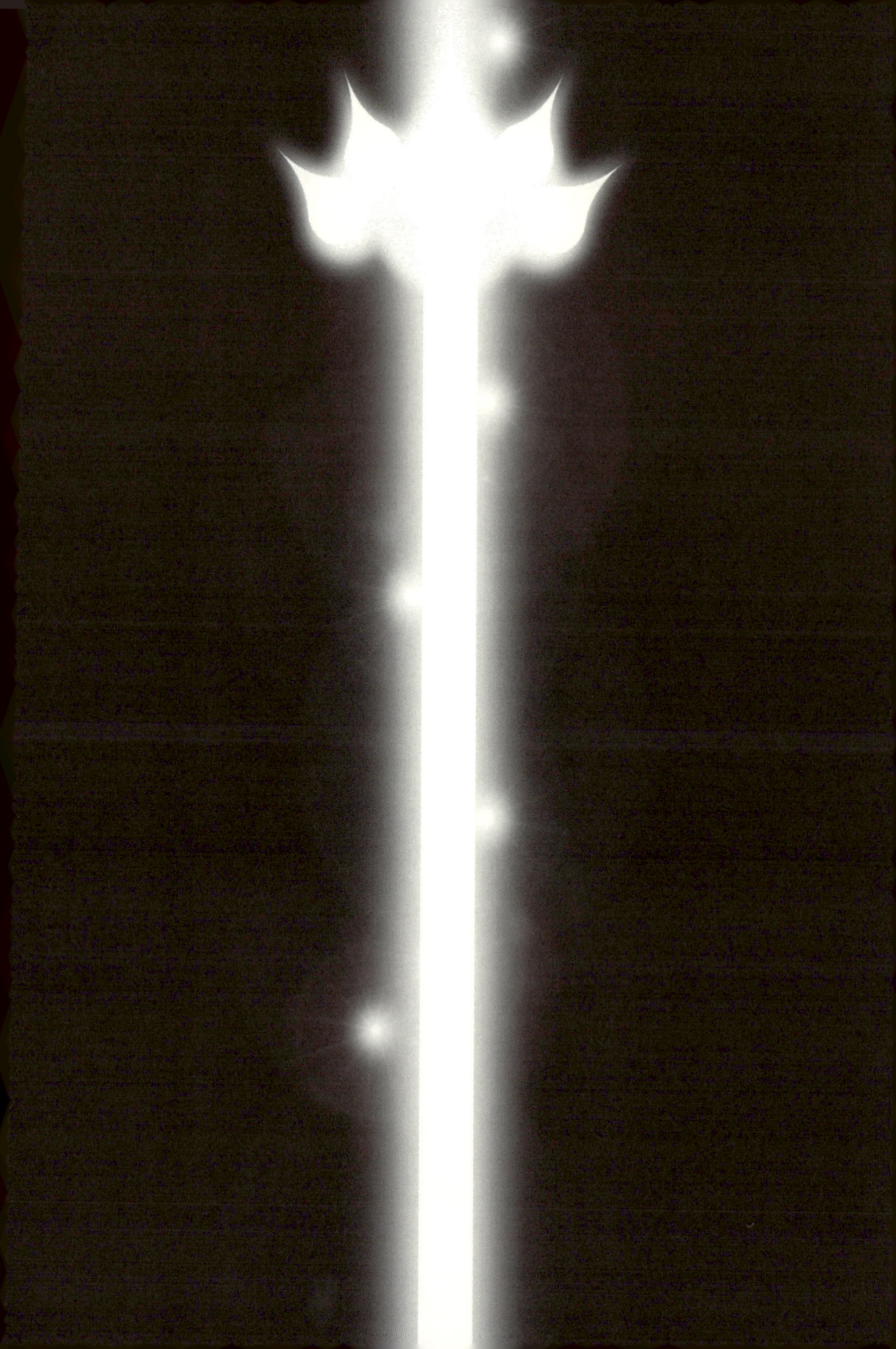

シフト（統合）

そして、春のエネルギーが高まってきた三月の後半頃に、（謎の白鬚仙人様という方から、夢のお告げで！？）不思議な画像が贈られてきました。

それは、人のような形をした絵でしたが、その時に感じていた太陽系の変化のエネルギーと同じものでした。

フードを被って、真摯に祈りを捧げる、美しい女性のマスターのようでした。

女性は後ろ向きに跪《ひざまづ》いているのですが、その正面には、霧に映し出される蜃気楼のように、女性のハイアーセルフのような存在が映っています。

その存在は、男性のように観えました。

より明確に言うならば、地球霊王サナート・クマラのエネルギーそのものでした……！！

――女性なのに男性。男性なのに女性。

ここには、中今の様々なエネルギーが現れていると感じました。

地球のエネルギーのシフト。男性性から女性性へ。アクエリアスへ。

そして、その統合！！！！！

遥かな高次へ向かってのシフトと、拡大！！！！！！！！

――同時に、この太陽系の太陽にも、大きな変化が起こっていました！！！

なんと表現したらよいのでしょう！？

《アインソフ（天界の根源）の太陽》というのが最も近いかもしれません！！！

二〇一六年二月に、根源の艦隊（高次のすべての艦隊）のサポートにより、史上初めて、根源から地球までが一直線につながり、根源からの波動砲が地球に到達しました！！！

このキープ＆ギネス更新のためにも、地上の根源のポータルがたくさん必要です。

（詳細は前著『根源の岩戸開き』をご参照ください）

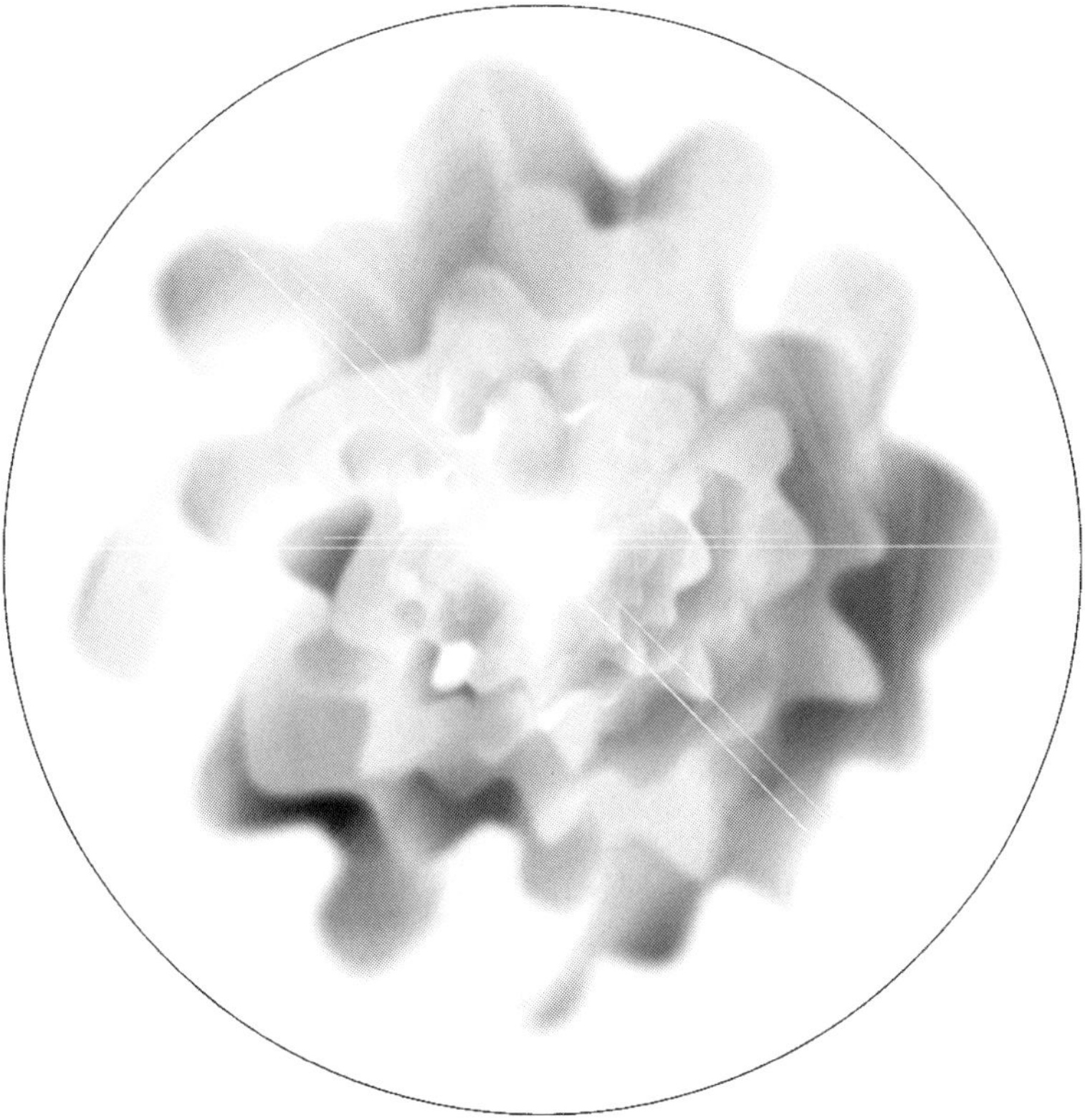

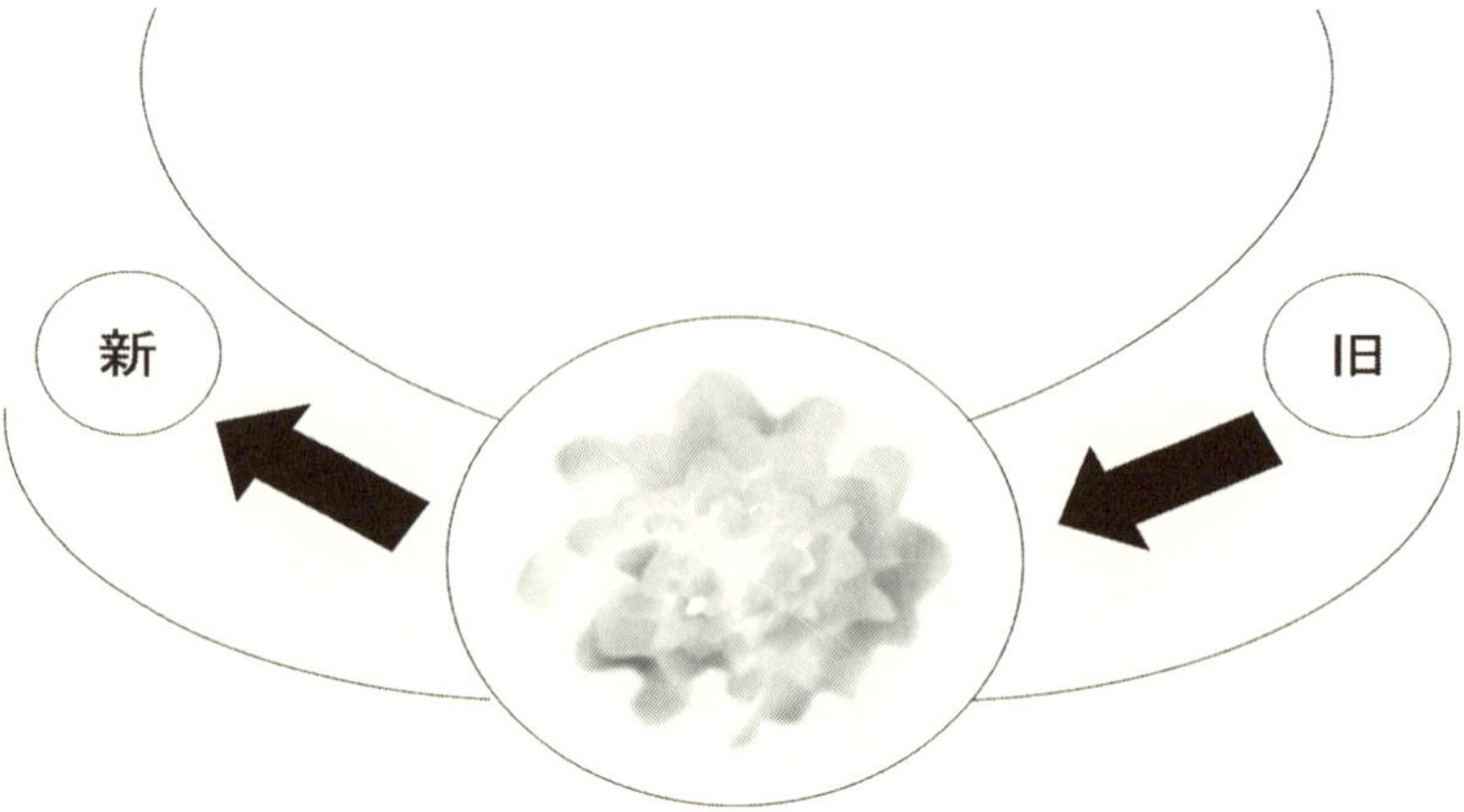

それはまさに、その続きという感じでした！！！

なんと！！！　太陽系の太陽が、天界の根源のアインソフにつながり、そのポータルとなっているのです！！！

えもいわれぬ色彩。アインソフ・アウルと呼ばれる、すべての生命の無限の色を含んでおり、その中心は、アイン＝ゼロポイント＝根源につながっている……。

これは何を意味しているのでしょうか！！？

実は、なんと！！！

（我々を含む）旧宇宙の、天界のすべての、新宇宙への、最終アセンションのゲイトだったのです！！！！！！！！！！

――この天界の根源のゲイトは、約一か月ほども開いていました。

その間に、多くの人が、たくさんの学びを行うことができました。

その一つが、『コーザル体』（オーバーソウル、御神体。一人ひとりの八次元以上のレベル）の拡大と強化です。

前著でもお伝えしましたが、新アセンション宇宙のゲイトに、縦軸で最初につながるレベルは、十三次元（旧聖母庁）だと言えます。

球体ですと、三十六次元（ミロク）となります。

縦軸の拡大も重要ですが、球体の拡大も重要です。ちなみに、多くのアセンション・ライトワーカーは、縦軸が強いか、球体が強いかのどちらかの場合が多いのです。

縦軸が強い場合は、天界系のハイアーセルフが強く、球体の場合は、神界のエネルギーが強いことが多いです。

本格的なアセンションへ向けては、縦軸と球体それぞれの強化と統合が、重要となっていきます。

そして、この天界の根源のゲイトが開いている間に、多くの人の学びがありました。

まずは『コーザル体』の拡大。

天界根源のアイン（ソフ）のポータルとなっている、太陽そのものと同調する。

それだけでも、エネルギーが拡大します。

それだけではなく、一体化して、自らもポータルの一部となっていく……！！！

——その時に、天界の根源、女性性の根源と言える、アイン&アインソフの本質も、体感していくことができます。

——まさに、アイン&アインソフという意味そのものとしか言いようがないようです……！！！！

——無限。無限そのもの。その中に、すべての生命、色彩、可能性を含む究極の女性性、受容性という感じです……！！！！！！！

究極の美しさ……！！！！！！！！

——究極の女性性、受容性とは、究極の無限性、可能性であり、すべてを包み、育むものです。

そして、すべてを統合した、無限性＝透明性であると言えます。

ゆえに、すべてを内包することができる……！！

……そうしたエネルギーをじっくりと体感しながら、多くのアセンション・ライトワーカーが学びました。

そのエネルギーワークのレポートを、ご参考までにご紹介します。

＊＊＊＊＊＊＊

みさきさんより

太陽のアインソフゲイトを体感してみて、地球だけでなく、宇宙全体が「新」に移行するためのポータルとなっていることを、本当にリアルに、実感しました。

中今のハイアーセルフにフォーカスしたとき、新しいアインソフのエネルギーが、すべての天界のハイアーセルフを繋ぎ、そしてそれを、中心の透明な核＝アインに、ぎゅーっと集めていくのを感じました。

すると、透明な根源の核は、ますますその純度を増して、フルフルと振動し、周りの空間の透明度もどんどんあがり、規模が拡大していきました。

自分のハイアーセルフだけでなく、ご一緒している皆さまのハイアーセルフの存在も、明確に感じ始めました。

透明とは本当に、最強の「愛」そのものだと思いました。

皆さまのハイアーセルフの熱い思いが、中心の透明な核にぶわぁ〜っと入ってくると、また透明な空間が一気に広がって、とても濃厚な宇宙空間を感じるようになりました。

そして、エネルギーセンター（チャクラ）が活性化し、自分の各エネルギーセンターは、アインの発する根源の光が分光してできたものであり、今、地上で、この光を統合して、根源に還っていくという、これまでの悠久の歴史と、自分の身体が宇宙史そのものであることを、地上セルフとして初めて体感しました。

今、感じるすべてのハイアーセルフと一緒に、全ては根源の中心から始まり、そして、全てが根源の中心につながり、根源の中心に還っていく……。

その莫大な歓喜を感じていました！

本当に我々は、この宇宙すべてのために存在しているのであり、そのためのミッションが少しでも役立つならば、本当に、本当にありがたく、最大の喜びであり、至上最高のワクワクだと思います！！！

全開ＭＡＸ、ギネス更新で、皆さまとともに実践をしてまいります！　心からの愛と感謝をこめて！

＊＊＊＊＊＊＊＊

――こうした動きが進んでくると、アセンション・ライトワーカーたちのコーザル体が、かなりのレベルで、新アセンション宇宙と同調してきます。

新アセンション宇宙の、三六〇次元くらいのコーザル体の、光の海のような世界は、様々な宇宙の天界の高次が集まって統合された、宇宙ミロク神界のような感じです。

宇宙の天界の、あらゆるすべてが含まれている。

我々に身近な三つの銀河である、天の川銀河、アンドロメダ、マゼラン等の天界の高次がアセンションしたエネルギーも含まれており、そのロゴス（司神）のエネルギーも含まれています。

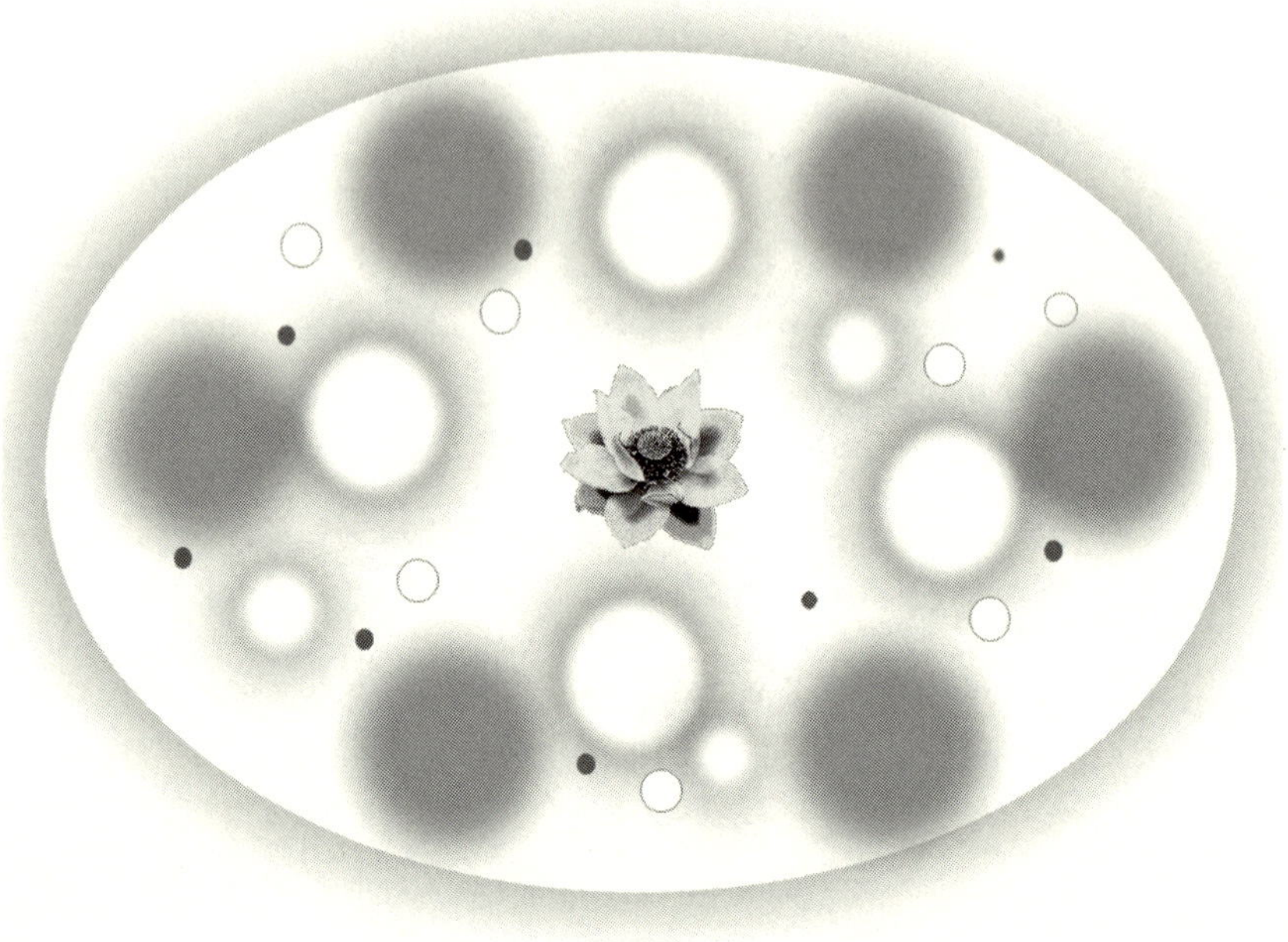

——そして地上でも、とても不思議な動きが始まりました！！！

皆さんも体感しておられるように、日増しに、地上の変動も大きくなり……！！！

その時に、言葉では表現しがたいのですが、ある不思議なエネルギーが地上に流入し始めました！！！

それは前述の、新アセンション・ミロク宇宙の、チビチビ版のようでもあり……！！！

まるで、宮崎駿監督の映画に出てくる「ポニョ」のような感じでもありました……！！！

ウルウルの、プルプルのゼリーのようでもあり、その中に、様々な光彩の、生命のすべてのＤＮＡと光を持っているかのようなのです！！！！

——そして、その不思議なプルプルゼリーは、地殻変動を抑える《糊《のり》》にもなるとのことでした！！！！

——この、有機的な、不思議なウルウルエネルギーでできた無限のウルウルゼリーは、二〇一五年の宇宙の大シフトの時にも、高次の全艦隊のサポートで宇宙規模で現れましたが、後に我々は、（謎の白鬚仙人様の夢のお告げで！？）別名、「無量寿」とも呼ばれるということを知ったのです……。

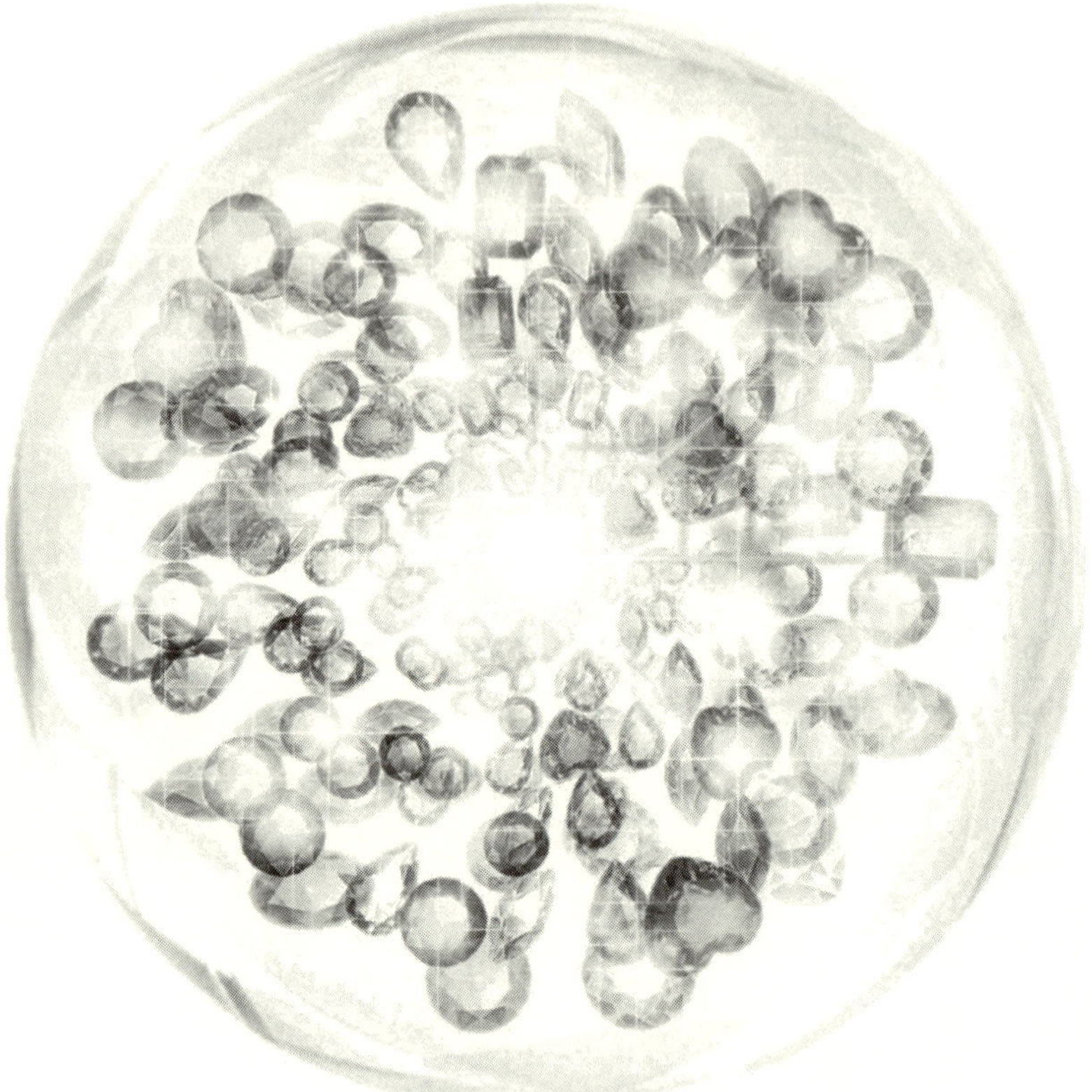

――中今、トータルして観ると、（そして中今の宇宙からのメッセージによると！）この、有機的な、ウルウルエネルギーの、無限のウルウルゼリーとは、無限の根源＝アイン＝中心点のマル＝全体でもある、と！！！！！

そして、我々のハイアーセルフを含む、宇宙のすべての高次の想いであり、願いでもあるとのことです！！！！！！！！

熱くて、すべてを包みポートする、透明な愛！！！！！！！！

この「ポニョ」のエネルギーワークを体感したライトワーカーからのレポートをご紹介しますので、ぜひ共感、Ｇｅｔしていただけたら幸いです！！！

＊＊＊＊＊＊＊＊

Keiさん

純粋を超えた純粋というエネルギーになった時に、透明人間になった感じがしました。

この有機的な感じが、地上に入っていきやすいと感じました。

いつも日の本を感じると、「中央構造線」というメッセージが来るのですが、中央構造線と自分のスシュムナーに、透明なプルプルゼリーが流れている感じがしました。

Lotusさん

中央構造線の動きが昨日から静かになっていて、高次との連動で、変わってきているようです。

僕も、根源の中心と共鳴した時に、どのようなエネルギーか？　とフォーカスすると、透明としか言いようがない感覚になります。

中今来ているエネルギーを中今感じて、アセンション＝ライトワークを行う時、無限大の透明＝ニュートラル＝自然体になり、そこに無限の色彩の光が入ってくるのを感じました。

無限の透明なポータルにならないと中今を受け取れず、好き勝手なところにフォーカスしていたら、達成できないと感じました。

京子さん

エネルギーワークで、全体と一人ひとりが、ウルウルゼリーの器になって、中心も中身も透明なウルウルゼリーとなり、それが広がった空間を感じていました。

このエネルギーワークでは、中今最新の太陽からの生命の核が降りてきて、全き地上のポータルの一部として、生き始めたのを感じました。

小さい根源の光がウルウルゼリーに入った人もいれば、無限の生命の様々な光が入って、キラキラしている人もいました。

それがすべてを活かしていくエネルギーであり、皆さんが活きている感じ、いのちが満ち溢れていく感じが伝わってきました。

とても感動で、全き根源の生命の同質として、今この瞬間いる。

これで共鳴していくことが、すべての地上の万物を活かしていくことであり、生きていることを真に実感し、幸せだなあと感じる、真の始まりでした！！！

＊＊＊＊＊＊＊＊

——このように、二〇一六年の春は、宇宙の大きな動きとともに、多くのアセンション・ライトワーカーにとって、重要な学びとなりました。

意識の拡大、コーザル体の拡大。無限性。無限の生命エネルギー。

これらは全体性＝「マル」のエネルギーの強化と言えますが、五月に向かって、なんと次はいよいよ「テン」＝中心、核心の強化に入っていくこととなりました！！！

それについては次章で詳しくお伝えしていきます！！！！！！！

第二章

核のイニシエーション

核の核の核！

そして五月に入り、ますます、超重要な動きとなっていきました！！！！

――皆さんも、《核心》《核》という言葉を、よく使うと思います。

自分の核心。相手の核心。様々な物事の核心。核心がある、核心がない、等々。

では皆さんは、自分の《核心》《核》とは、どのようなものだと感じるでしょうか！？

（これはとても《核心》のテーマですね！！！〈笑〉）

自分の中心？　ハート？　心？　魂？　意識？　ｅｔｃ……。

なんとなく、自分の中心、胸の中心のあたりと感じる人が多いと思います。

具体的に、「ここ」という所はあるでしょうか！？

――実は、日の本の数百人のアセンション・ライトワーカーたちと検証した結果、共通して、どうやら《核心》というものは存在するようなのです……！！！！！

そして！！！　《核心》そのものも！！！！！！！！

※場所としてはだいたい胸の中心であり、ハートの中心と言えますが、実際には、多くの人が中心だと思っている場所よりも、やや上だと思ってください。

この「やや上」が重要で、貴重な奥義のひとつであると言えます。

集合全体のエネルギーは、四次元から五次元へのシフトがまだまだこれからだからです。

集合全体が中心だと感じる場所は、まだ四次元の場合が多く、もう少し「上」を意識すると、次に述べる五次元の《核》につながります。

実は、《核心》《核》とは、物理的に存在すると感じるほど、、実態があるのです！！！！！！！！！！！！

それは、この上なく美しい、クリスタル（水晶）の結晶のように観えます。

大きさも、皆さんだいたい共通で、２～３センチくらいです。

この章では、その《核》について、皆の体験も含め、できるだけ詳しくお伝えしていきたいと思います。

《核》とは、地上で高次とつながる中心であり、アセンションとも重要なつながりがある五次元とも関係しています。五次元のエネルギーは、数霊もあって特に五月に動きやすいエネルギーです。

ゆえに、壮大な高次の目論見として（！？）五月からますます、重要な動きとなっていきました！！！！

トータルで観ると、《**核のイニシエーション**》というものです。

では、できるだけ詳しくお伝えしていきます。

――その始まりは……五月の上旬に、日の本で最も古く、ひな形となるようなある場所を車で走っていた時のことです。

隣で、スタッフのＬｏｔｕｓさん（前著「天の岩戸開き」他参照）が運転していました。

その２～３日前からＬｏｔｕｓさんは、センタリング（自分の中心のエネルギー）の強化を課題としているようでした（見た目より繊細なこの人にはポータルの資質もあり、集合エネルギーの変化等に影響されやすいようです）。

ともに動き、Ａ（アセンション）＝Ｌ（ライトワーク）を行う時は、しっかりとエネルギー調整をしていただく必要があります。

……Ｌｏｔｕｓさんも、全力でいろいろとやっているようですが、なぜかその時は、何をやってもダメなようでした……！！！

（※しかし、ようやく最近分かってきたことは、Ｌｏｔｕｓさんに限らず、アセンション・ライトワーカーがこのようになる時は、自身のスキルアップももちろん重要ですが、ハイアーセルフの目論見である場合も多いということです！　ハイアーセルフや高次に、何か重要な目的〈魂胆！？〉がある時で、地上セルフに分かりやすいプロセスとひな形をつくっているのだ、ということが、ようやく分かってきました！〈笑〉

ハイアーセルフと地上セルフが無意識で同意した上での、皆のための尊い愛だね、と！！！！！

……でも、私がしばしばＬｏｔｕｓさんに話し、本人も望んでいることは、もっとエレガントにスムーズなシフトもできるのでは〈！？〉ということです……〈笑〉。

※これはアセンション&ライトワークでとても重要なことであり、一見、マイナスの出来事に思えることほど大きなシフトのチャンスなのです。そこから何を学ぶべきなのか、ハイアーセルフ&高次の課題が何なのかを見つけ出せば、偉大なシフトとなるということなのです！！！！）

……そしてとうとう、Ｌｏｔｕｓさんは半泣きのようになり（笑）、「エネルギー調整ができないなら、車から降りろ！（高速道路を運転しているのに！？）（笑）」という事態にまで発展しかかった時）……。

私は、Ｌｏｔｕｓさんに言いました。

「Ｌｏｔｕｓさんの、核の核の核、究極の《核心》って、何なの！？」

……一瞬、Ｌｏｔｕｓさんも、すべての時間も、空間も、静止したかのように感じましたが、実際には瞬きをするかのごとくで、それまではやけに寡黙だったＬｏｔｕｓさんが、突然、明確に、一言で、答えたのです。

それは、とても意外な答えでした。

「Ａｉ先生です」

――頭ではすぐには理解できない言葉でしたが、その瞬間……！！！！！！

とても不思議なことが起こりました！！！

言葉で表現するのは難しいのですが、まったく別の時間と空間になった感じでもあり、すべてが静止した感じでもあり……！！！！！！！！

別の宇宙のようでもあり、すべてがひとつになった宇宙のようでもあり……！！！

なんと！！！　その瞬間、明確に観えたのですが、Ｌｏｔｕｓさんの《核》が、その胸の中心から突然消えたのです！！！！！！！

そして【ワープ】して！！！！

次の瞬間、私の中心の《核》と一体となり、ひとつになったのです……！！！！！！！

……それは、とても不思議な感覚でした！！！　Ｌｏｔｕｓさんの地上セルフは隣にいるのに、本当のＬｏｔｕｓさん＝《核》が、私の核といっしょにいるのです……！！！

――私は、自分の中心、そして本来はすべての人の中心に、《核》というものがあると、かなり以前から気づいていました。

多くの皆さんも、それに近い感じではないでしょうか？

——自分とは何か？　自分の本質とは何か？　自分の核心、核とは何か？　ということを突き詰めていくと……！！！

私はその探求の中で、自分の魂、ハートの中心に、どうやら、《中心の中心》＝《核》がある、ということに気づいていきました。

皆さんも、本当はすぐに気づくことができるのです！！！

地上に生まれてから現在までに、一度も、感動＝ウルウルしたことがない人は、いないと思います。

そしてその「ウルウル」は、どこで起こるのか！！！？？？

※その中心が、《核》なのです！！！！！！！

※そして、その《感動》＝《ウルウル》している状態こそが！！！　究極のハイアーセルフ＝永遠の存在の高次の自己と、真につながり、一体化している状態なのです！！！！！！！！！！！

このように、《核》、そしてその共鳴とは、無限に重要なものなのです！！！

皆さん一人ひとりの存在の中心＝《核》とは、唯一最大、真にハイアーセルフとつながっている、通信装置（クリスタル）なのです。

本来、すべての人の、ハート＆魂の中心にあるのです。

ハート＆魂の中心核でもあります。

このハート＆魂の中心の《核》は、最も重要な核であり、愛や喜びや幸福や光をエネルギーで感じ、ハイアーセルフと一体化し、共有する核です。

※ハイアーセルフや高次は、この《核で共鳴した感動＝ウルウル》の体験のみを！！！　アカシックに記録するのです！！！！！

それこそが、重要な体験だからです！！！！！！！！

ちなみに、人にはもう一つ、通信装置としての核があります。それはアジナーセンター＝松果体です。

ハート&魂の核が、愛や光のエネルギーの送受信装置であるのに対して、このアジナーセンターのクリスタルは、ハイアーセルフや高次と、主に「情報」の送受信をするための装置であると言えます。

※ただし、宇宙の法則として、ハート&魂が十分に発達していないと、アジナーセンターの情報の送受信のクリスタルは、安全に使用できないようになっています。それは、ハート&魂が十分に成長していないと、正しく使えないからだということが分かりますよね！

――このように、中心の《核》のクリスタルについては、常に意識していましたし、高次や大いなるすべてとつながった時の共鳴や、《核》が発達しているアセンション・ライトワーカーたちとの共鳴は、これまでにもよく感じていました。

しかし……！！！！　今回のように、相手の核が自分の核と一つになった、相手の核が、空間から突然消えて（！？）自分の核にワープし、融合して、一つとなった……。

という体験は、初めてでした！！！！！！！

（――この時になぜか「宇宙には、たった一つのフォトンしかなく、それが超高速で動いている」という説を思い出しました）

Ｌｏｔｕｓさんが答えた時の表現は、Ｌｏｔｕｓさんにとって分かりやすいものだったと思いますが、実際のところ「究極のアセンション＝融合、統合、一なる根源へ向かって！！！」という意味と方向性を表していると思いました！！！

――核とは、融合、統合できるものである。

つまり、究極のアセンション＝融合、統合とは、核＝マル＆テンの融合、統合である！！！

のだと！！！！！！！

――そして、究極の愛＝一なる根源へのアセンション＝融合、統合であるのだと！！！！！！！

地球の核心

そして、次第に、ますます、重要な動きとなっていきました！！！

前項でお伝えしましたように、一人ひとりの《核》の確立は、真のアセンションの始まりと終わりとも言え、とても重要なこととして、アセンション・ライトワーカーの皆とも進めていきました。

まずは、自分の《核》を見つけ出す。確立する。

――それはまるで、玉ねぎの皮をむいていくような感じでもありました。

実際に、一枚、一枚、皮をむいていくように、《核心》《核》に近づいていくとイメージするのが、分かりやすいようです。

皆さんのご参考のために、本章の最後にそのレポートをご紹介いたします。

――一人ひとりの《核の皮むき》を進めていった時……！

とても素晴らしい、驚くようなことが起こりました！！！！

一人ひとりが、自分のマル＝自分の意識全体を、徐々に、そして究極に、神聖に、純粋に、透明なクリスタルになるようにしていき……！！！

自分のテン＝《核心》が、究極に神聖で、美しい、純粋なクリスタルになった時……！！！！

そしてすべてのエネルギーを、その《核心》に集めた時……！！！！！

素晴らしいことが起こったのです！！！！！！！

なんと、その瞬間に、今度は《地球の中心（核）》にワープし、融合し、一体化したのです！！！！！

一人ひとりが、自分のマル＝自分の意識全体を、徐々に、そして究極に、神聖に、純粋に、透明なクリスタルになるようにしていき……！！！

自分のテン＝《核心》が、究極に神聖で、美しい、純粋なクリスタルになった時……！！！！

一体化し、体感する地球とは、この上なく素晴らしいものでした！！！！！！！！！！！

言葉で表現するのは難しいですが……地球のすべてが、やはりひとつの、この上なく神聖で、美しい、澄み切ったクリスタル（水晶）なのです。

……その中に、すべての自然界、すべての生命があるとしか、言いようがありません。

そして、地球の中心にも、やはり中心核のクリスタル（水晶）があります。

……しかし、すべての生命は、実はマルの全体ではなくこの中心核のクリスタルにあり、それが全体に投影されているのだと感じました。

それはやはり、我々一人ひとりと同じなのだと感じました。

――そして、すべてのエネルギーを自分の《核》に集めながら、地球と、その中心核とますます一体化していく時に、すでに疲弊していながらも無条件の愛を我々に贈り続けてくれている地球さんの生命エネルギーが、少しずつでもパワーアップする感じがしました！！！！！！

クリスタル艦隊

さらに、各自のマル＝意識と、核のクリスタルを磨きながらこのエネルギーワークを続けていた時に、地球ポータルの謎の白鬚仙人様から、（夢のお告げで！？）重要なメッセージがありました！！！

それは、ある宇宙艦隊についてでした。

そのエネルギーは、クリスタル艦隊という感じで（別名レインボー艦隊等とも呼ばれているようです）、地球の様々なグリッドや変動等を調整し、地球のアセンションをサポートしているようです。

地上のアセンション・ライトワーカーが十分にクリスタル化し、地球と共鳴すると、このクリスタル艦隊ともつながります！！！！！！

クリスタル艦隊とは、まったく新しいわけではなく、太陽系連合等の艦隊で、地球のグリッド等の調整のサポートをする役割を持つもののようです。

このクリスタル艦隊とのコラボの様子も、本章の最後にご紹介します。

（付録1）マカロニ

この章でお伝えしてきた重要な動きと同じ頃に、もう一つ、とても不思議なことが起こりました！！！

とても身近なことで、笑える内容なのですが、本章でお伝えしてきた《核》と実は深く関係しており、皆にとって、最も分かりやすいツールと言えるのではないかと思います。

――ある日、事務所の近くのとても庶民的なスーパーマーケットに、Ｌｏｔｕｓさんと夕食の買い出しに行った時のことです。

そのスーパーは、以前はこじんまりした昔ながらの市場で、その市場にあった商店が合体してできたお店でした。手作りのお惣菜が美味しいので、時々買いに行っていたのです。

Ｌｏｔｕｓさんの好物は、だいたい、子供と同じです（笑）。ラーメン、ハンバーグ、唐揚げ、パスタ、カレー、等々。

そしてＬｏｔｕｓさんの最も好きな食べ物のひとつがマカロニサラダなのですが、そのスーパーのマカロニサラダは家で作ったように美味しいので、まず買い物かごに入れました。

――しかし、いろいろと食材を見ている間に、作りたいメニューが変わったので、「やっぱり、これは多いからいらないね！」と、私がマカロニサラダを元の棚に戻した瞬間……！！！！！！！！

『ア〜〜〜！！！』

――という感じの、これまでに一度も聞いたことがない、不思議な（可愛い！？）声のようなものが、なんと！！！　Ｌｏｔｕｓさんの胸の中心から聞こえてきたのです！！！

Ｌｏｔｕｓさんの口は閉じていて、一言もしゃべっていないのにです……。

その「可愛い！？」声は、私にもＬｏｔｕｓさんにも明確に聴こえて、二人で顔を見合わせ、私は買い物かごを落としそうになりました……（笑）。

「……今のは何！！！？？？」

と、二人でキョロキョロしましたが、近くには誰もいません。

――そして、今のこの出来事をエネルギーで観て、Ｌｏｔｕｓさんのハイアーセルフたち（！？）の解説を聞くと、次のようなものでした。

アダム・カドモン（原初の、神と一体化している人と言われる）ならぬ、ハダム・ウリモン（！？）という種族がいる。皆さんのイメージで言うと、かわいいハムちゃん（ハムスター）や、ウリ坊のようなエネルギー。

このハダム・ウリモンとは、聖書に出てくるリンゴを食べなかった種族だと言える。ハートが純粋（難しいことは苦手かもしれないが！？）。

子供たちの多くや、皆さんの多くも、この種族に近い。銀河の愛の連合から来ている。

（そして、この種族こそが、地球全体のアセンションの鍵かもしれない！！！）

この種族が人間に生まれ変わっている時のイメージは、肉体はゴムでできたスーツという感じ。そして胸の中心で、３センチくらいの身長の《本体》が、肉体＝ゴムスーツを操縦している。普段は肉体を操縦することでゴムスーツがしゃべるのだが、稀に緊急事態（！？）が起きた時に、操縦ミスでついうっかりと、《本体》がしゃべってしまうことがある（笑）！！！

……たしかに、Ｌｏｔｕｓさんのようなタイプのアセンション・ライトワーカーは、まさに、考えれば考えるほどその通りで、思い当たる節ばかりです！！！

ウソのようなホントの話なのですが、なんと！！！　その日のエネルギーにより、（ゴムスーツの！？）身長まで変わるのです……（なぜか、良いエネルギーの時には小さくなる！）
目撃者も多数います……！！！

――そして、この日の出来事から、この3センチの《本体》（！？）を、通称「マカロニ」と呼ぶことになりました！！！（笑）
本章でお伝えしてきた《核》のクリスタルの結晶も、ポインター（先が尖った六角柱）のイメージでマカロニに似ていますし、ほぼ同じ大きさです！！！（笑）
（ハダム・ウリモン種族の）この3センチの《本体》＝マカロニとは、やはり、本章でお伝えしてきた《核》と、同じ意味と役割であると思います。
全体（マル）の本体（テン）であり、より上位の本体＝ハイアーセルフの、通信装置でもある。
ゆえに、『ア〜〜〜』という、不思議で可愛い（！？）声は、どうやら3センチの《本体》の声だったようで、緊急事態のため、つい、叫んでしまったのだろう、という結論になりました（笑）。
――これ以降、核心から**「本音」**でしゃべることを、「マカロニでしゃべる」と言うようになりました（笑）。

そしてこれが、皆にとって最も分かりやすい《核の確立》、《センタリング》の、重要なマルヒのツール、秘密兵器となっていったのです（笑）！！！！！

※皆さん、「核を明確にしてください」「核を確立してください」「センタリングしてください」等と言うと、すぐに難しく頭で考えがちですが、「マカロニでしゃべってください！！！」と言うと、なぜかすぐにできるのです（笑）。

「ハート」についても同様で、「愛」はよいのですが、「ハートの活性化」というと難しく考え、頭になりがちです。しかし「ハム」というと、銀河の愛の連合のハムちゃんたちは、なぜかすぐに通じるのです。

きっとそれは、お笑いの要素が満載だからなのでしょう（笑）。

そしてこれが、地上セルフと楽しく一体化しながら、素晴らしく、偉大なアセンションを遂げていく意外な鍵、秘密兵器なのかもしれません！！！

現在の地上のアカシックをキープするためには、ものすごく高度なアセンションとライトワークが必要となっていますが、高次になるほど、逆に核心・本質がシンプルになっていくとも言えます。

そして、そのポータルとなるために最も重要な一つが、【純粋さ】＝美しいポータルです。

ゆえに、マスター方が言うように、ハダム・ウリモン（！？）の皆さんや子供たちは重要な鍵であり、希望なのですね！！！！！

ハダム・ウリモン、ファイト！！！！！！！！！！！！！！！

（付録2）実践レポート

ここで、本章でお伝えしてきた重要ポイントの、アセンション・ライトワーカーたちの実践レポートをお贈りいたします！！！

まずは、核を見つける、核の確立＝《核の皮むき》の実践レポートからです。

＊＊＊＊＊＊＊

はるかさん

（1）核の皮むき
まずはマカロニの声を聴いてみる。「愛、想い、願いをかなえたい！！！」↓自分の根源へ向かう↓中心が観えてきた↓始まりも終わりもない、自分＝皆の根源が観えてきた。それは、一粒の光で、ウルウルの核で、核の核。

（2）二十四時間、意識の中心を核に合わせる！
ハイアーセルフの声を聴く。「核って、難しいものじゃなくて、もう、すでにあるものだから、意識を向けたらつながれるよ！」

意識を、核＝一粒の光、ウルウルの核に合わせると、（1）の時にはまだぼんやりした感じだったが、自分のすべての座標が、核に合う感じになってきた！

（3）目的意識を明確にする！

そもそも、核って何！？　なぜ重要！？　それにフォーカスした時に、核の意味がわかってきた！　自分核が確立すると、地球の核とつながる。地球の核とつながると、宇宙の核とつながる。そうすると、根源の中心とも……！！！　すべてが、一つにつながる！！！　それに気づいた時に、ますます、核と一体化している実感がわいてきた！

愛伝さん

「核の核！　自分の核を見つける、明確にする」

やはり玉ねぎのように、何枚も皮がある感じがした。そして中心に、透明な、神聖な珠がある感じがした。その透明で神聖な珠をイメージしながら、皮を、むいて、むいて、むいて、むいていく！！！！！！！中へ、中へ、奥へ、奥へ……！！！！！！！

……だんだんと中心に近づくにしたがって、ウルウルの涙が止まらなくなった！！！（註：玉ねぎが目

にしみたわけではない！〈笑〉

その中心核とは、自分にとって一番大事なものが、すべて凝縮されたもの、そのものという感じだった！！！

その時に、一番大事な記憶、出来事が次々とよみがえってきた。

ある神宮に初めて行った時の体験、Ａｉ先生と初めて出会った時のこと、等々……。

そして、この核があったから、この体験ができた。今、この中心に戻ってこれた。そして、根源の中心につながっていくことができる！！！　それが分かった！！！

Ｋｅｉさん

核にフォーカスし、自己の透明な核を感じ、地球と一体化した時に、「それが自分と皆の根源の核であり、Ａｉ先生がいつもされていることだ」という、ハイアーセルフからのメッセージが聴こえました。

そして、Ａｉ先生が、「大いなるすべてと一体化し、そのポータルになるためには、マルもテンも確立した上で、神聖な、美しいポータルになる必要がある」「マルもテンも常にある状態で、透明にする必要がある」とおっしゃっている意味と、Ａｉ先生が行われていることが、初めて理解できました！！！

そこには、皆の地球に対する想い、願いが、内包されていると感じました！！！

ゆえに、透明なクリスタルのポータルとは、愛そのものであると感じました！！！

ゆうなちゃん（十歳）

わたしの核は、ダイヤモンドで、それは根源のエネルギーでした。

すべてのエネルギーが集まってきて、そして、それを贈っている感じです！！！

Ｒｙｏさん

【核の確立】

「皮をむけば、必ずそこにある！」「本当の自分がそこにいる！」というメッセージを感じました！

自分の核に意識を向け、自分の核の感覚を明確にして、フォーカスしていくと、中心に、透明で、キラキラしているクリスタルを感じました。

さらに、フォーカスと感覚を明確にし、透明にしていく！！！

この珠（魂）磨きを、二十四時間、最低1か月、全開でやる！！！

これまでのように、なんとなくイメージやチャンネルで感じる核だと、ぼやっとして曖昧なのですが、このワークの結果、むいて、むいて、むいて、感じる、リアルな核だと、六角柱の感じがしてきて、より純粋で透明になっていく感じがしました。

偶然、Ｌｏｔｕｓさんの核に意識を向けてみた時に、一気に、その場の全体がクリアーになり、自分の核も透明度を増すのを感じました！！！

ゆえに、さらに珠（魂）磨きを続けていくと、そのエネルギーは、とてもすごいものになっていくと思いました。核のビームになっていくのだと！！！

KEITOくん（十三歳）

皮をむくワークをしていくと、本当に自分の核が透明になって、初めて！　納得がいくワークとなった！！！

自分が本当に透明になるということが、皆を愛することだと初めてわかった！！！

つむぎさん

核をむくほど、楽しくなりました！！！

地上セルフの核を、ひたすら、むいて、むいて、むいていくと、突然、（インナーアースのような）空間を感じ、その中心に、とても透明で、太陽のポータルのような核が観えました！！！

その中心核と一体化すると、とても静寂な感じがして、心が落ち着きます。

もっと、もっと、核を磨いて、光のビームを出せるようになりたいです！！！

トオルさん

皆でこのワークをした時に、最初に、一人ひとりのマカロニの叫びから始めました！！！

その後、愛のシェア＆コラボなどを行って、素晴らしいエネルギーを創ってから、自分の核を、むいて、むいて、むいて、むいていくと、ある瞬間にワープした感じがしました……！！！

それは、より大いなる中心（地球？）につながった感じでした！！！

その時に、地球（大地、自然界）から、メッセージを受け取った感じがしました！！！

「わたしたちは、太陽から生命エネルギーを受け取って、それをみなに贈っています！！！」と！！！

我々もまた、さらに、自分、そして地球の核と一体となり、生命エネルギーを増やしていくと、地球のサポートになると思いました！！！

世界のすべてが、大いなる愛に育まれていることを実感しました！！！

天さん

1．地上セルフの中心を、核に合わせる
核に集中して、中心が合ってくると、ウルウルになりました。

そうすると、地上セルフの愛も透明になって、ハイアーセルフ（大いなるすべて）と、核で統合されてくるのを感じました。


地上セルフの中心が、核と照準が合うと、中心から、ハイアーセルフ（大いなるすべて）のパワーが出てきます！！！

超ワクワクで、ごきげんになり！！！　いつでも、どこでも、五次元のパワー、プラスのエネルギーが、創造できる感じです！！！

2．地球、自然界との一体化
自分の核と一体化して、地球の核とつながると、核で生命と対話している感じがします！！！　地球全体の、生命エネルギー場を感じます。その中心に、愛と光の中心がある感じです。

桃香さん

1．センタリング
まず、センタリングの強化を進めていくと、最初はすべてが静止している感じがしましたが、Ｌｏｔｕｓ先生や、Ａｉ先生のアドバイスの「核まで上げる」「核は、自分が思っているよりもっと上」というポイントを確認し、再びセンタリングをやってみると、ウルウルになりました！！！

すべてが愛しくなり、抱きしめたい感じです！！！

周囲の空気も、明るく、美しく、透明になりました！！！

2．核の皮むき
そのセンタリングの状態で、核の皮むきを行いました。

一つむくと、透明になり、また一つむくと、さらに透明になり……！！！

一つむくたびに、自分が透明な器になっていきます！！！


途中でわからなくなった時に、【愛】を思い出すと、またむいていくことができました！！！

最後の一つをむくと……！！！　そこには、小さなクリスタルがあり、【愛】が入っていました！！！

ゆらちゃん（十一歳）

神聖で透明な美しい中心
核は、光っていて、とても神聖なエネルギーです。
美しいクリスタル＝水晶で、透明で、透き通っています。

自分が、核になっていくと、どんどんかがやいて、まわりも、中心も、きれいで美しいエネルギーになって、スッキリします。

そのまわりは、地球みたいに丸くて、中心の核には、光かがやく、美しいクリスタルがあります。

核が美しくなると、まわりも美しくなって、心も美しくかがやいていくのを感じました。

それをやっていると、まわりの空気が神聖になって、美しいエネルギーになりました。

体の全体でそれを感じて、核がますますスッキリしていきました。

ウルウルして、核で中心が共鳴していくのを感じました。

＊＊＊＊＊＊＊＊

次は、クリスタル艦隊とのエネルギーワークのレポートです！！！

トオルさん

グリッドの調整、生命エネルギーをＵｐするエネルギーワークの、高次の艦隊とのコラボ！！！
そのためには、自分のハイアーセルフを含む、艦隊の地上のポータルになること！！！

現在、地球をサポートしている多くの艦隊は、太陽系連合であると感じます。

核のエネルギーワークを行って、地球のグリッドとつながり、艦隊とつながった時に、次のメッセージを受け取りました。

「このように、核と核の共鳴によるグリッドの強化は、生命エネルギーを流入させ、増幅させることができます。
それは地上の皆さんと、皆さんのハイアーセルフ＝我々艦隊とのコラボであり、コ・クリエーションです。
これは皆さんのハイアーセルフとの一体化の強化ともなっていきます。

皆さんの歓喜、感動、愛。この共鳴こそが、グリッドの強化、生命エネルギーの強化となっていきます。
それが日の本の護り、地球の護りとなっていきます！！！」

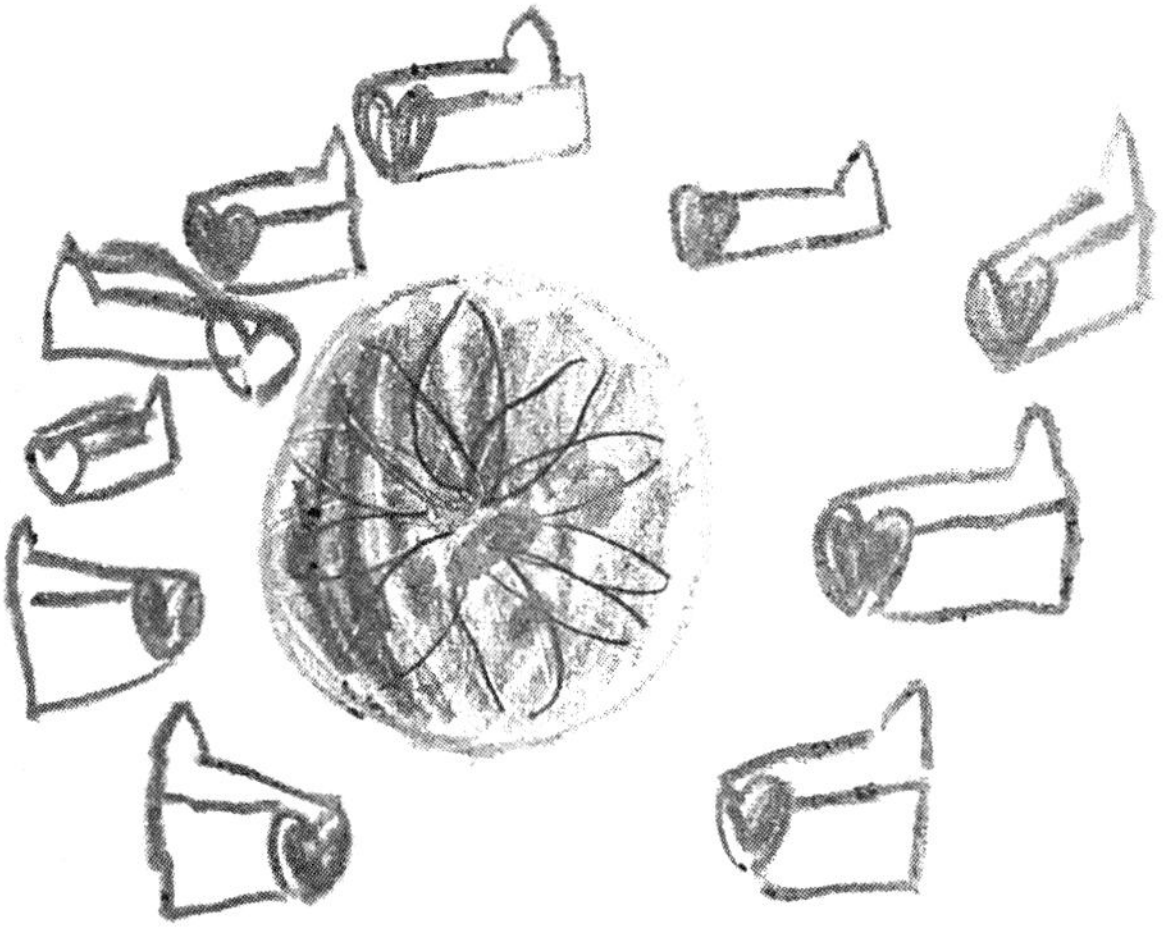

てるみちゃん（八歳）

かんたいとのコラボ
～かんたいからのメッセージ～

一なる《かく》は、すべての《あい》
すべての《あい》は、一なる《かく》

というメッセージが、こころにひびいてきて、いきてきたのをかんじました。

今、「あいのかんたい」が、地球をかこんで、まもっています。

＊＊＊＊＊＊＊

以上のように、この章でお伝えしてきた《核》のエネルギーワーク、核のイニシエーションは、とても基本的で身近なものでもあり、そして無限大でもあります。

皆さんも、澄み切った、美しいエネルギーを感じていただけたと思います！！！

ぜひ参考にしてみてください。

この《核》のエネルギーワークは、とても基本で核心ですから、その後の動きにも、とても重要となっていきました！！！！

それらの動きについては、後半の章でお伝えしていきます！！！

第三章

兆し

パラダイス・エネルギーワーク

第二章までにお伝えしてきた動きの中で、基本的な、そして普遍的なエネルギーワークを強化しながら、中今、地球に、全体に必要と思われるアセンション・ライトワークを、アセンション・ライトワーカーの皆さんとともに進めていきました！！！！

その中でも、やはり最も重要なものの一つが、とても疲弊しながらも、すべてに愛を贈り続けてくれている地球さんのサポートであると思います。

少しでも地球さんの生命エネルギーを増やしたい！！！　負荷を減らしたい！！！

一人でも多く、地球と共鳴できる日戸《ひと》を増やし、生命エネルギーの共鳴地場を強化ししたい！！！

我々のアセンション・アカデミーでは、アセンション・ライトワークをパワーアップするために、様々な分科会とその活動も行っていますが、この観点からの活動と研究も、強化していきました。人体の健康、肉体とエネルギーの調整、そして地球、生命エネルギーとの共鳴などです。

地球環境問題は、物理的に解決できることが多々あると思いますが、やはりその大元は、地上人類の意識であると思います。

そして地球ガイアは、今、偉大なるシフト＝アセンションを行おうとしていますので、地球と共鳴し、一体化することが重要で、必要です！！！

（地球神のポータルの、謎の白鬚仙人の夢のお告げ〈！？〉によりますと）

地球全体がアセンションする条件とは、やはり、地上の人類の意識の周波数（波動）が、一定以上に上がることである、とのことです！！！！！！！！

しかし、皆さんも感じておられると思いますが、現在の地上人類の意識のエネルギーは、明確に言うと、下がる一方なのです！！！（白鬚仙人の夢のお告げ〈！？〉によると、明確には３．１１の震災からとのことです。それにより、２０１２に、地球がアセンションできなくなったと！）

ゆえに、人類の、そして我々一人ひとりの意識の波動を上げていけば、地球全体がアセンションできるということなのです。

では、地球全体がアセンションするとは、どういうことなのでしょうか！？

――それは、大体は、皆さん一人ひとりと全体がイメージする、アセンションの世界の通りであると思います。すべての宇宙の高次や、インナーアース等の高次も、実際に多大なサポートをしてくれていますが、誰か一人が決めるものではないのです。

皆さん一人ひとり、そして皆さんのハイアーセルフのすべてが決める未来であると思います。

そして我々も、全き、地球の一部ですが、（白鬚仙人様によると）地球全体のアセンションの主体は地球そのものであるとのことです。

より具体的には、地上人類の意識が、一定以上（少なくとも五次元以上と思われる）の周波数にシフトすると、以前から各界で言われているように、インナーアースや、高次の宇宙連合との公式コンタクトが可能となると思われます。

（高次の宇宙連合は、以前より、公式コンタクトの条件は地上の人類がワンネス〈ひとつ〉になることであると明確に言っています）

それが実現すると、地球環境問題、戦争、貧困、病気等が、地上から無くなるための、高次の科学技術のサポートも受けられると、各界でも以前から言われているようです（それらの多くは、本来、現在の地上の科学技術でも可能であると思われますが）。

高次の宇宙文明の根本は、アセンションであると私は思いますし、各界からの情報でも同じであると思います。

ゆえに、インナーアースや高次との公式コンタクトで、最も重要なのは、実は科学技術ではなく、宇宙全体の兄弟姉妹、先輩たちと、アセンションという壮大な宇宙の法則＝本当の生命エネルギーで、真につながっていくことであると思います。

ゆえに、我々＝皆さん、特に日の本のアセンション・ライトワーカーは、自らがひな形となり、地上の周波数を上げていくことが、最も重要なミッションの一つなのです！！！！！！！！！！！

周波数、意識の低下の要因も、様々なものがあり、そしてそれを上げていく方法も、様々なものがあります。

これまでの研究と検証の成果では、その状況について、大体明確になってきました。

それは主に二つに絞られ、その二つも互いに関係しています。

一つめは【思考】。そしてもう一つが【感情】です。

（旧宇宙連合の先輩によると、超古代の宇宙科学の時代から、「意志」「思考」「感情」の三位一体のバラ

ンスを重要視しているとのことです）

一つめの【思考】は、エネルギーセンター（チャクラ）＆次元で言うと6と特に関係しています。人体で言うと、脳みそ（思考）と、スロート（喉）です。

二つめの【感情】は、人体＆エネルギーセンター（チャクラ）＆次元で言うとマニピューラ（みぞおち）のあたりで、特に4次元と関係しています。

※様々な要因で、中心（ハート、魂など）にフォーカスできなくなったり、中心のエネルギーがなくなると、この二つのどちらか、または両方が強くなってきます。

例えば、特に脳みそだけで考える傾向が強くなってきてハートが閉じていると、脳みその思考だけを、口（喉）がしゃべる感じになってきます。

また、意識の中心がハートではなく、マニピューラ（みぞおち）になると、感情に振り回されたり、自己中心的になりやすくなります。

各界でも同様のことが言われており、皆さんも多々感じておられると思いますが、これらの問題が、現在の集合意識全体の、主な問題であると思います。

そのための対策＝日の本のアセンション＆ライトワークが、これまでの拙著でお伝えしてきたことでもあり、本書を通してお伝えしている重要な一つとなっています！！！！！！

皆さんも感じておられるように、現在、中心（ハート、魂など）のエネルギーが弱くなる要因が多々あると思いますし、さきほどの二つ（マイナスの６と４のエネルギー）が増える要因が、現代社会には多々あると思います。

そして、日増しにそれが増大しているようなのです！！！！！！

特に思考のエネルギーは、電磁波と共鳴する感じがします。そしてその電磁波を増やす要因も、現代社会の中では多いようです。

皆さんも、都会では頭痛などが起こりやすく、自然豊かな所へ行くと、スッキリする人も多いのではないかと思います。

一番重要なのは、中心（ハート、魂など）の強化です。

その中心の強化については、前著、そして本書でお伝えしています。

そして上（ハイアーセルフ）のエネルギーを中心に統合し、基底からのエネルギー（クンダリニー、第一光線）も中心に統合し、さらに上げていくことが重要で、それについても本書の後半でより詳しくお伝えしていきます。

——まずは、脳みその電磁波を取るために！！！！！！！

これまでの皆の実践で、とても成果があったエネルギーワークをご紹介します。

名付けて、**パラダイス・エネルギーワーク**です！！！

この名前だけで、なんとなくエネルギーがピンときて、イメージできる人もいるかもしれません！！！

何ひとつ難しいものはなく、文字通りであると言えます！！！

そして、実はトータルでは、とても重要なものなのです。

このエネルギーワークの目的は、脳みその電磁波を取ると同時に、地球、生命エネルギーとの共鳴です。

さらに、生命エネルギーのアップにもなっていきます！！！

簡単です。まずは！　可能な方は、休暇を取って、パラダイスへ行くことです！！！　（冗談を言っているのではありません！〈笑〉）

でも、今すぐに休暇を取ることは難しい人も多いと思います。

そんな時には！！！　地球さんと、パラダイス・エネルギーワーク！！！！！

——皆さん一人ひとりが、『パラダイス』（楽園）を思い描いてみてください！！！

自分の好きなイメージでＯＫです。南の島、常夏の島、鮮やかな色彩の香《かぐわ》しい花々が咲き乱れ、海は澄みわたり、太陽は燦々と眩しく……！！！！！

頭上には、たわわに実ったバナナや、果汁たっぷりのトロピカルフルーツがあるかもしれません！！！

とにかく、自分が行きたい所、自分が最高にリラックスできる所！！！！！

——そうすると、体も、頭も、リラックスしてきて、意識が拡大していくと思います。

やはり『パラダイス』（楽園）というと、多くの皆さんは、自然があふれ、生命のエネルギーと色彩があふれるところをイメージすると思います。

その鮮やかな、鮮烈な、生命の色、香り、光を、リアルにイメージし、じっくりと感じてみてくださいー！！！！

――そして、だんだんと、スケールをより大きくしてみてください！！！！！

できれば、だんだんと、地球規模のスケールに！！！！！！！！

――そして、地球全体の生命のエネルギーを、その色彩を、感じてみてください！！！

そのハーモニーを！！！！！！！！！！

すると、地球の生命エネルギーが活き活きと活性化し、自分も共鳴していく感じがするのではないかと思います。

それを続けていくと、頭も、意識も、スッキリ！！！！

脳みそがパラダイスになると思います！！！　脳天気という言葉は、悪い意味で使われていることが多いようですが、脳みそがクリスタル化すると、実際に高次の太陽とつながり、脳に燦々と太陽が輝く。素晴らしいことですよね！！！

これは、いつでも、どこでもできると思いますので、ぜひ行ってみてください！！！

パラダイスは、いつも心の中にあり、脳みその中にも！！！！！？

そして、時間がある時にはできるだけ、自然があるところに行ってください。大地に足がふれるだけでも、アーシングして、電磁波が取れると思います。

さらに、水を使ったワークもとても重要ですので、それについて次項でお伝えしていきます。

水のエネルギーワーク

――水。それはあらゆる生命の基本と言えるでしょう。
根源の光が最初に物質化したもの。それが水だと思います。
根源の光の器となるために！！！！！！！！！！

そして我々の人体も、子供は約七十％、大人は約六十％が、水でできていると言われています。

宇宙の、そして地上のあらゆる生命にとって、水は最も身近で、基本です。もちろん、我々人類にとっても。

そして人類の文化、歴史の中でも、水は、とても重要な役割を持っています。
たとえば「禊《みそぎ》」という儀礼の中でもそうですし、多くの文化においても、水が重要な役割を持っています。
（〈白鬚仙人によると〉入浴もシャワーだけで済ますのではなく、水に浸かると、電磁波も取れるとのことです）

私は最近、水（できれば清浄な海水がベスト）に浸かると、細胞が胎児のようにリセットされて、リフレッシュする感じがします。

お風呂にミネラルを入れたり、皆さんそれぞれの工夫もあると思います。

以前、初めてスキューバダイビングをした時に、感じたこと、気づいたことがあります。

それは、水中（海中）のエネルギーが、四次元であるということです。

四次元とは、地上の物理学では、物理次元の三次元（縦、横、高さ）に、時間をプラスしたものというように言われていますが、感覚で言うと、意識、エネルギーの最初のレベルの世界という感じがします。

渡り鳥の群れや、地上の動物の群れも同様ですが、瞬間的に全員が同じ向きに方向を変えたり、全体がひとつの意識のように行動しますよね。海中の魚の群れも同様です。

そして海中で最初に感じたのは、まるで「アストラル空間」そのものとしか言いようがない、ということでした!!!!!!!!!

スキューバダイビングでは、レギュレーター（タンクの圧縮空気を水中で呼吸するためのマウスピースが付いた器材）を口にくわえていますし、水中でおしゃべりができるわけではありませんが、なぜか海中にいると、目の前にいる人が感じていることが、地上にいる時以上に、ものすごくリアルに伝わってくるのです。

ゆえに、この水のエネルギー＝アストラル空間のエネルギーを使ったエネルギーワークは、とても重要であると思いました！！！！！

そして、とても大きな成果となったのです！！！！！！！！！

これまでに、グラウディング（地に足をつける）のワークをやればやるほど、真のグラウディングのためには、ベースが地上だけでは効果が完全ではなく、起点は、できれば地球の中心がよいということが分かっていきました。

理由はいろいろとありますが、主なものは、ハイアーセルフが高次から来ているアセンション・ライトワーカーの多くは、上のエネルギーが強く、グラウディングのベースを地上に置くだけでは、まだまだプカプカ浮く感じ（笑）となる場合が多いということです。

ゆえに、地球の中心と、自分の基底（第一チャクラ）をつなぐ感じで行うと、ようやく、バランスが取れるという感じなのです。

しかし、グラウディングを地球規模の視野で行ったり、地球の中心を起点にするためには、準備が必要ですので、そのためにも、まずは海、海底をイメージすると、分かりやすいことが判明しました！！！

実際に、水中や海底でエネルギーワークを行うのは困難ですので、様々なエネルギーワークを、水中で行っているイメージをする、水中のエネルギーを創る、ということです！！！

水は、クリスタル（水晶）と、同質のエネルギーを持っています。

浄化のエネルギーであり、クリスタル化のエネルギーです。

また、水（海水）は、エネルギーの伝導率が高いと感じます。

そして、人体の約６割から７割の水（体液）も、海水に近いと言われています。

ゆえに、水中（または海中）にいるイメージでエネルギーワークを行うと、様々な効果があります。

――水をイメージする音楽や、音を使うのもよいと思います。

まず最初に感じるのは、とても深いリラックスです。静けさ。とても落ち着いて、リラックスしてきます。

（お母さんの胎内にいる感じに似ているかもしれません……）

そして、地上にいるイメージよりも、下へ、深く潜る感じになりますので、グラウディングも強化され、安定してきます。

そしてクリスタルのような水、清浄な海水の中にいるように、空間が、とてもきれいになっていく感じがします……！！！

さらにじっくり進めていくと、地上では、いろんな電波や電磁波が飛び交っているようで、なかなか落ち着かないと感じる人も多いと思いますが、この水中のエネルギーの中でワークを行うと、なぜかこれまでよりも、皆のハートのエネルギーなどをとてもリアルに感じることができるようになります。

空間が一体化して、ひとつの空間になったような感じがして、だんだんと、皆のハートが、ひとつになっていくように思えます……！！！！！！！！！！

――皆さまもこんな体感ができると思いますので、ぜひやってみてください！！！

ご参考に、エネルギーワークの感想レポートをお贈りします。

＊＊＊＊＊＊＊＊

まさとさん

初めて「パラダイス・エネルギーワーク」を行った時には、なぜかはわかりませんでしたが、脳みそが全くなくなり、すっきりしたという感じでした！！！

さらにパラダイス・エネルギーワークを行っていくと、明確な変化が起こり始めました！！！

「これ以上にないほどの幸せ」を感じてきて、「この感覚、幸せな感覚を、地球、太陽系、宇宙全体に広げたい！！！　一心同体になりたい！」

と意識が広がった瞬間に、「ドドドドドドドーーーーー！！！！！」と、愛が押し寄せてくる感覚になりました！！！

ものすごい「愛」としか言いようがないほどでした！！！！！

――しかし、「水のエネルギーワーク」の時に、自分の中に1ミリの不安要素があることに気がつきました……。

自分としては水に苦手意識は無いと思っていたのですが、実は、水ではなく、「宇宙空間」（？）に苦手意識があったことに、このワークで気がついたのです。

シーンとした宇宙空間って、なにやら近寄りがたいものがある……と思っていたのですが、「宇宙は愛で満たされている！！！」ということを感じた時に、何かが「開いた！」という感覚になりました。

そうすると、実は今までの1ミリの不安とは、「ハイアーセルフとの一体化」に対する不安であることが分かりました。

なぜなのかは分からないのですが、そういう1ミリの壁があったのです。

それが今回、なくなってきた感覚がありました！！！！

まさに最後の地上セルフの1ピース！！！！

高次は、どれほどの愛で、愛してくれていたのかということを感じました！！！

しかし、地上セルフのビビリの意識が、「一心同体」にストップをかけていたことに気がつきました。

……その瞬間、涙があふれてきました。

感動とか、ウルウルという表現では表しきれない感覚です。

本当の愛に、向き合い始めた感覚です。

エネルギーワークが終わると、世界がより変わってきたのを感じました。

もはや「境目がない！！！」

世界は自らが変われば変わる！！！

アセンションの可能性が、自己のマカロニの中心＝核に秘められていることを、確信しました！！！！

まだまだ小さなハムの一歩ではありますが、歴史的な一歩だと想いますので、しっかりと落としこみをして、皆さまとより深めて、明日からも全開で参ります！！！！

さらにギネス更新して参ります！！！！！！

あめのひかりさん

この日のエネルギーワークのＡｉ先生の服装は、白いＴシャツに、淡いブルーのジーンズでした。とても自然体で、でもあらゆるエネルギーを纏《まと》った姿が本当にお美しく、一緒にみんなで超高級リゾートにいるような感じがしてきて（！？）同時に、超リラックスしている感覚でした。

今日は、家からずっと、ものすごく下半身がしっかりと地球さんと繋がっている感覚で、最初から、なんだかたまらなく、泣きそうでした。

そして、中心が、みんなとひとつに感じて、とても強い感覚でした。

マルテンで統合されたハートは、クリスタルのようで、空間の全部を愛で一つにし、空気も水も、浄化する感じがしました。

言葉だけでは、到底伝えることが出来ないこのエネルギーは、地上に肉体を持って心を持った日戸《ひと》だけが伝えていくことが出来ると感じました。本当の地上のマルテンだと感じました。

みんなありがとう！　みんな愛してる！　というエネルギーが湧き上がってきました！

水のエネルギーワークは、深い海の中、マリンブルー、イルカのようなイメージでした。

この時感じていたのは、水の中に、４つのエレメントの全てがとける感覚でした。

火、水、土、風。そしてそれを象徴するように、朱雀、青龍、玄武、白虎が、歓喜の乱舞をしている感じがしました。

エネルギーが攪拌され、地上の全てが生まれた母なる海が、リアルに生きている！　という感じでした。

パラダイスワークでは、リアルにリゾート気分で、新しい生命が吹き込まれる感じでした。

色彩豊かな南国というより、心地よい風と、自然界との調和、特に水色とエメラルドグリーンとの共鳴、一体感を感じていました。

最後のハートをひとつにするエネルギーワークでは、全員とハグをする感覚を感じました。

会場から去り難い気持ちが、ギネス更新でした……！！！

帰る時、べリべリッ！と、ちょっと半身をもがれるような感じがしました（笑）（みんなが大好きだから！）。

大和さん

海のエネルギーワークでは、涙がとまらなくなりました。

そしてだんだんと落ちつき、中心から全体へつながり、波動砲のような感覚になっていくという体験をしました。

「どんなことがあっても、前だけを向くしかなく、それが、愛することであった」

という、宇宙の記憶を思い出しました。

様々な宇宙史の愛が、昇華され、根源の愛に還っていく体験をしました。

海=宇宙空間のすべてに、愛を感じるエネルギーワークとなり、自分も、宇宙からも、とても感謝のエネルギーを感じました。

地球生命賛歌

我々のアセンション・アカデミーの分科会のひとつの、地球との共鳴&生命エネルギーアップのエネルギーワークは、現在、可能な時にはできるだけ自然があふれるところで行っています。

その一環で、地球のポータルとなる豊かな自然にあふれる島へ、生態系の学びとエネルギーワークのために向かっている時に、とてつもない、言葉では言い表せないほどの、素晴らしい体験がありました！！！

――その島へ向かって、船が海上を走り出した瞬間から、始まった感じでした。

……だんだんと、船のエンジンの音が、エンジンの音ではなくなっていき、《あらゆるすべての時空の共鳴》としか言いようのない感じに変わっていったのです……！！

そのすべての時空の共鳴の音、響きは、どんどん、どんどん、大きくなっていき！！！

最後に、轟音のようになっていった時に……！！！！

それは、讃美歌のように聞こえてきたのです！！！！！！！！！！

……その瞬間！！！！！！！

――大きな島全体が、生命の誕生のような濃い霧に包まれていたのですが、その上空から、まるで聖書の絵画のように、天空の扉が開いて！！！　この上なく美しい光が降り注いできたのです……！！！！

あらゆることが一度に起こったように、まるで、『生命誕生』の瞬間を観ているとしか言いようのないものでした。

天空の扉が開き、ラッパが鳴り響き、神の光が降り注ぎ、たくさんの天使たちが舞い、降臨してくる……！！！！！！！！！！！！！！

……それが永遠に続く感じがしたのですが、ある瞬間から！！！！

さらに驚くべき、素晴らしいことが起こったのです！！！！！！！！！！

――天の扉が開き、神の光が地上に到達した時。

なんと！！！！！！

地上が、地球のすべてが、生命のすべてが……！！！！！

それに応えたのです……！！！！！！！！！！！！

天の、神の、求めに。——求めというより、《時》にという感じでしょうか！！！

地球の春が来たから。生命の誕生、目覚めの時が来たから。

神＝太陽の光が届いたから、芽吹く、という感じでしょうか。

その**応え**とは……！！！！！！！！！！！！

——すべての生命の、地球のすべての、そしてすべての細胞が、それに応え……！！！

そのすべてが、いっせいに！！！！！！！！！！！！！

地球生命賛歌を、歌いだしたのです！！！！！

……想像できるでしょうか！？　すべての生命の、地球のすべての、自分を含む、すべての細胞の、生命の歌、ガイアシンフォニーを！！！！！！！！！！！

すべてのメッセージによると、それが本来だというのです！！！！！！！

《時》が来たから、今、いっせいに目覚めたけれど、これが本来の生命の歌、シンフォニー、ハーモニーである、と。

そしてその時に、地球から、明確なメッセージが来ました。

「地球は、まもなく、最終アセンションを開始する。その時に、新しい地球にともに行けるのは、この〈生命の歌〉が聴こえる存在たちだ」と！！！！！！！！！

「生命の歌」「地球の歌」が聴こえる者たち。すなわち、地球、自然界と共鳴し、一体化できるものたち。

――たしかにそれは、当然のことであると言えます。

しかし、現代社会では、それがとても難しくなっているのです。それが、地上人類と文明の問題の、大きな要因のひとつとなっていると思います。

しかし、それは変えることができる。本来の生命の在り方へ！！！！！！

地球と共鳴し、一体化し、そして宇宙と共鳴し、宇宙とともに進化する、生命の法則、宇宙の法則の生き方へ！！！！！！！！！！！！

今すぐに、できることから始めないと、間に合わないと思います。

そのために本書が役立てば、この上なく幸いです！！！！！！！！！

——そしてこの時から、地球と共鳴した時、地球に意識を向けた時、そして地球の生命エネルギーが上がった時に、いつでも、常に、【地球の生命の歌】、ガイアシンフォニーが聴こえるようになったのです。

しかも、地球と共鳴し、エネルギーに敏感なたくさんの人が、同時にそうなったのです……！！！

——この一連のできごと。根源の生命の光、源が、地球に降りた時……！！！

その時に、**地球の『仙骨《せんこつ》』**（人体では骨盤の中央にあり、生命エネルギーのゲイトともいわれている）が、（史上初めて！！？）明確に、開いた感じがしました。

その根源の光、意志、源が、地上、地球に届いた時、地球のすべてから！！！

生命エネルギーのすべて＝クンダリニーが、上昇したのを感じました！！！！！！！！

この地球の動きは、我々一人ひとりも、しっかりと連動していくことが重要であると思います。

ゆえに、我々のアセンション・アカデミーでは、これまでにお伝えしてきたような、様々なエネルギーワーク、調整、強化を（ワクワク楽しく！！！）行いながら、各エネルギーセンター（チャクラ）の調整と強化も行い、スシュムナー、クンダリニーの強化へ向けても進めています。

同時に、これまでにお伝えしてきたような、自然界でのフィールドワークや、物理的な人体の調整なども、巻末の資料にありますように、オステオパシー（体、心、精神をひとつのユニットとしてとらえ、人の治癒力を最大限に活かす医学。様々な原因を、骨格のずれ、ゆがみなどから精査し、修復していく）の専門家とコラボしながら探求を進めて、とても大きな成果となっています。

実際に私も、地球の仙骨とクンダリニー全開！のエネルギーと共鳴するワークショップを行った時に、初めて、本当に、仙骨が完全に開くとはこういうことなのか！！！！という体験をしました。

高次からの莫大なエネルギーが降りてきてつながり、そしてとても不思議なのですが、地球の軸と連動すると、N極からS極のヴィジョンが観え、突き抜けた宇宙空間まで観えるのです……！！

以上のように、エネルギーセンター（チャクラ）の活性化、背骨の調整、スシュムナーの活性化、クンダリニーの活性化等は、アセンションにおいて重要なものとなっていきますが、ヨガ等でも言われていますように、本格的には、専門家の指導のもと、十分な準備が必要となるものでもあります。

しかし、地球、生命、ハイアーセルフとつながれば、必ず道が開けると思いますので、皆さんもぜひ、ハイアーセルフの、そして生命の本源の導きで、ワクワクと進んでいっていただきたいと思います！！！

兆し

秋が深まる頃、西日本と東日本で、アセンションの祭典が行われました。

これは我々のアセンション・アカデミーのメンバーだけでなく、アセンションに関心がある方なら、どなたでも参加できるイベントです。

さまざまな方が参加されますので、より全体と共鳴し、より多くのハイアーセルフ連合とつながる、とても重要なアセンション＆ライトワークとなっています！！！

そしてこの日の朝、これまでのすべての成果を統合して、初めて、ある【兆し】が、現れ始めたのです！！！！！！！！！！！！

それは、アカデミーのあるメンバーと話している時のことでした。

初期からのメンバーの一人で、ファシリテートの一部も手伝っていただいている、インストラクターの一人です。

ミニセミナー＆ワークショップの部の、プレゼンテーターの一人でもあったので、内容の最終打ち合わせをしていました。

――そして、核心的な内容になった時……！！！！

その人の核心の願いとは！？　について、核心で話していた時だったと思います。

突然！！！　世界が、視界が、変容したのです！！！！！！！！！！

なんと表現したらよいのでしょう！？　根源（神界）の中心にいるとしか思えませんでした。

そこからすべての世界が、拡がっている……！！！！！！！！

そして、この根源の中心につながった時に、世界のすべてが、そこに内包されている……！！！！！

そうとしか、言いようのないものでした。

――実はこれは、私が感じたヴィジョンとエネルギーではなく（私はこれに近いものをよく観ていますが）、目の前にいる人が、ともに根源の中心につながった時に共鳴して、感じたことだったのです！！！！！！！！！！！！

実際には、瞬きをするくらいの時間かもしれませんが、永遠のようにも感じ……！！！

その感覚は、言葉では表せないくらいのものでした。

その瞬間、互いの根源の核がつながり、まるで、核のビームでつながったかのようでした！！！

同時に、根源の中心ともつながった時に、世界ともつながっていったのです！！！

前年度の動きは、根源の岩戸が開き、主にハイアーセルフの根源へのアセンションという感じでしたが、いよいよ！！！！！！！！！！！！！

その地上セルフへの統合が始まった！！！　その最初の一歩が始まった、【兆し】（吉兆）であると明確に感じ、高次全体もそう感じたと思いました。

――そしてこれは、偶然そうなったのではなく、これまでのすべての積み重ねと成果であると思います！！！

一人ひとりと、皆の！！！！

この体験をした人は、普通の人よりも、地上に生まれた時から、特にエネルギーに繊細な、敏感な人でした。

しかし、エネルギーに敏感だということが重要なのではなく、その《核心》は、まさに《核心》にあると感じました。

その《核心》とは！！！！！！！！！

言葉でいうなら、『いたましく思う気持ち』だと思います！！！！！

まさに、その人の本質。エネルギーがわかるからいたましく思うのではなく、いたましく思うから、エネルギーがわかるのだと……！！！！！！！

これが、根源のアセンションへ向かって、その本当の核心なのだと思います！！！

本来、あたりまえのこと。一番大事なこと！！！！！！！！

真のアセンションにおいては、そのすべての核心がとてもシンプルで、誰にとっても本来あたりまえで、一番大事なことであるということが、これまでに明確になっています！！！

――そしてこのような、史上初の（！！？）超重要な吉兆から始まり、午前の部はなごやかに終了して、午後のミニセミナー＆ワークショップの部となりました。

全員参加の午後のワークショップは、準備として、「パラダイス・エネルギーワーク」から始まりました！！！

初めて参加される方もいらっしゃいましたが、とても分かりやすい内容なので、ときおり大爆笑ともなりながら！！！　皆さん、順調に、脳みそも心もパラダイスとなっていきました！！！

最初のメインのワークは、日の本の中心で、

【愛（ハート）でひとつ！！！】となることでした。

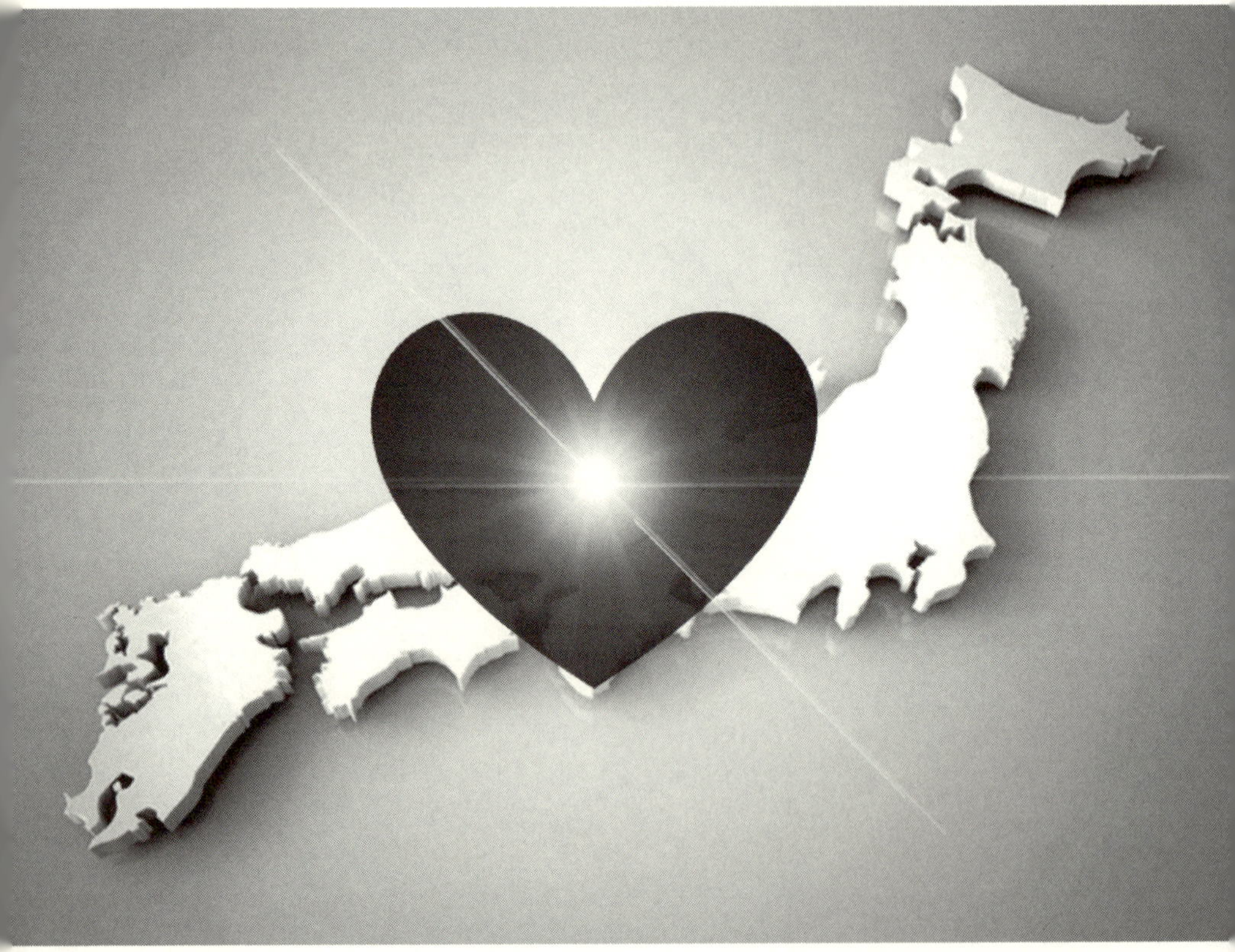

まずは、会場のみんなのハートをひとつに！！！！！！！！

これは、誰にでもわかりやすい、そしてとても重要なワークです。

隣にいる人と、ハートとハートで、手をつなぐ感じ！！！

心をつなぐ感じ。ハグする感じ。だんだん、だんだんと、ハートでひとつになっていく感じ！！！

そしてイメージできる人は、日本のハートの中心で、皆で、ひとつになる感じ！！！！！

——前述のように、この日は朝から、小さくても偉大なる吉兆が始まっていましたので……！！！

会場の皆のハート＝【愛】が、ひとつになった時に！！！！！

なんと！！！　根源の中心からのエネルギーが、つながってきたのです！！！！！！！

それは、その場にいる人たちがポータルとなって、史上初めて、地球人類全体に、根源のエネルギーがつながった瞬間だと感じました！！！

皆でひとつになった大きなハートの中心に、表現ができないほどの根源のエネルギーがつながってきたのです！！！！！！！！！！！！！！！

――それを、多くの人が体感しました！！！！！！！！！！！！

このイベントのエネルギーワークに参加していただいた皆さまからの感想レポートを、皆さまのご参考にお贈りいたします。

＊＊＊＊＊＊＊

Y．Tさんより

自分の「一番大事なもの」を思い浮かべた時、私は「笑顔」が出てきました。

私自身が、みんなが、笑顔でいられるよう、自分に何ができるか考えて、今日お聞きしたお話を、自分の行動に落とし込んでいきたいと思います！！！

T．Mさんより

全体的に、暖かい愛のバイブレーションが、会場を包み込んでいました。

とても心地よかったです。

個人的にも、今後の在り方が明確になりました。

世界平和は宇宙全体におけるものだと知ることができました。

地球は宇宙の縮図だと聞いた時、あらためて、私たち一人ひとりのミッションが重大なのだと思いました。

Hさんより

午後の各先生方、そしてラストのAｉ先生のお話の時は、膨大なエネルギーが降りて来て、強力なイニシエーションになったと思いました。

それだけ、今日にかける全高次とハイアー連合の想いが強かったのだと感じます。

最後に会場のみんなで手をつないでエネルギーワークをした時に、力強い愛の歌が聞こえてきました。

会場の全員がハートで共鳴した場に、本当に根源の愛が降りてきて、地上に広がったのを感じました。

それは私たちの地上における愛のポータルという役割が、明確に始まったという事であり、本当にやりたかった事がやれるのだ！　という事だと思いました。

Aさんより

素晴らしいアセンションの祭典であったと感じています。

午後のセミナーは、会場が一体感あふれるものとなりました。

その一体感が素晴らしいと感じました。


エネルギーワークでは、みんなで手を繋いだ瞬間に、みんなのハートが一つになり、大きなプクプクハートが出来た事を感じました！！！！

今回の経験で、本当に、地球が、みんながアセンションしていける、という事を確信しました！！！

素晴らしい場を創って下さったＡｉ先生、ありがとうございました！！

いっしょに参加して下さった皆様、ありがとうございました！！

素晴らしい場に居させて頂けた事に感謝です！！


このエネルギーをどんどん拡げていきましょう！！！！

今から、来年のイベントが楽しみです。

Ｇさんより

約１５０人のご参加者全員が、しっかりと、ハートのエネルギーができていたと思います！

素晴らしい共鳴磁場のベースができていて、感慨深く思います。

参加者全員のエネルギーを、ハイアーセルフ連合につなげていくようお話されたとＡｉ先生がおっしゃいましたが、今までにないくらいシンプルにわかりやすい内容でした。

中今の重要な動きをお話されたＡｉ先生の言霊の力と、グラウンディングのパワーが、

「地上にすべてを集めたハートとはこういうものだ！！！！」

「エネルギーを込めれば、シンプルな言霊だけで伝わり、場ができる！」

その実証をまざまざと体験させていただき、Ａｉ先生のハートと皆が共鳴して、皆のハイアーセルフが、自然に地上にいる状態になっていきました。

みんなにとって一番大事なものが一番大事だから、みんなの一番大事なものを、みんなのために、みんなに贈りたい気持ちにみんながなれる場ができた！！！

わたし自身はそのように感じた素晴らしい祭典でした。

人類にとって、宇宙にとって、一番大事なものに、皆がフォーカスし、一つになったということが、大きな始まりそのもの！！！

このエネルギーを、二十四時間思い出し続けて、地上でやり続け、地上にいる皆一人一人のハートと共鳴して、一つとなった日の本ハートと一体化します！！！

Rさんより

莫大なエネルギーを降ろして頂いている中、みんなが一つになっている感じがし、とても素晴らしい一日だったと思います！！！

その中にいたことがうれしいと感じ、みんなでやっていくことに喜びを感じました！！！！

そしてそれが始まっていく！！！！

みんなでポータルとなり、日の本に、世界にエネルギーを伝えて、宇宙に、愛の星、地球のエネルギーを贈る！！　そのポータルの一人になる！！！！

そこに歓喜がある！！！　そんな風に感じました！！！！

Kさんより

中今をひとことで現すと、根源の愛でひとつ＝ワンネスの始まりを感じます。

根源の愛が広がり、みんなへの感謝にあふれています（涙）。

Rさんより

当日、会場に向かう車の中では、どうしてこんなに涙が……と思うほどで、当日感じたエネルギーを、ポータルとして地上に流していける喜びが、朝からきていたのだと思います。

会場が最初からとてもニュートラルで、本当に自然体の中で、まるで森の中にいるような感じがしました。

午後からのセミナーでは、エネルギーも膨大に降りてきているのを感じました。
ステージもなく、ファシリテーターと参加者が、本当に境目がないのが印象的でした。

お話はとてもわかりやすく話して下さっていて、今回お誘いした友人も、身を乗り出してメモされていたので、嬉しかったです。

皆のハートが本当にオープンになっていて、とても純粋にエネルギーワークをされていて、皆でいっしょに手を繋いで、地球のために、みんなのためにやれている。

しかも、地球に本当にエネルギーが入っていっているという実感に、ウルウルで、超幸せでした。

本当に偶然ではない、重要な日になったと感じました。

Aさんより

この愛の祭典では、ひとつになった地上セルフの想いを、高次が見守ってくれていると思いました。

皆の地上セルフとハイアーセルフ全員に、ハイアーセルフ連合を代表して、「本当に会えて嬉しい」とＡｉ先生がおっしゃって、ここに集まれた地上セルフの喜びと愛が、ひとつになりました。

皆、違和感なく、同じ気持ちで感じていると思いました。

中心からの愛の言霊の力って、これなんだとわかりました。

ここでひとつになった地上セルフの想いが、地上の岩戸を開く。

みんなのために！！！

日の本でハートがひとつになるってこんな感じ！！！

Hさんより

会場は、清々しさと、楽しさ、そして愛に満ちていました！！！

エネルギーワークでは、神聖な光が拡大し、未来への希望とワクワクを感じました！！！

Aさんより

会場を、入り口（ゲート）から感じ、観ていると、巨大な根源の神殿がありました。

莫大なエネルギーで、凄い愛に包まれました。

愛の意志の、強い、強い、底力のようなエネルギーを、参加者たちと、その神殿の双方向に感じました。

そのエネルギーを創り出しているＡｉ先生、参加者の皆さん、そして皆のハイアーセルフ連合。感謝で中心が、張り裂けるぐらいです。

午後のセミナーでは、Ｌｏｔｕｓ先生の、一番大事な中心の想いと願いが全体に響き、愛の共鳴で、全体との一体感を感じました。

金太郎先生の「第一光線」のワークショップでは、基底から根源に繋がる真っ赤な柱が創り出され、一つの巨大な柱となり、中心と核心の柱になりました。

国丸先生のワークショップの「ハイアーセルフとの一体化」では、ハイアーセルフと一体化して、アセンション＝ライトワーク＝みんなのためになっていくと、地上セルフが透明な神殿になっていきました。

直日女先生の、一人ひとりの神殿＝神宮のお話では、一人一人が根源のエネルギーのポータルとなっていく感覚があり、それを意識的に、能動的に、行っていきました。

最後に、Ａｉ先生の「２０１６スーパーアセンション！！！」のメインセミナーとワークショップ。Ａｉ先生に、みんなの中心に向けて、ハートの言霊で、中今の膨大なエネルギーを伝えて頂きました。ハートの言霊で伝えて頂いているので、全員が共有でき、共鳴でき、一体となりました。

Ａ・ｉ先生から、会場に来られている人は、各ハイアーセルフ連合の代表としてきていると伝えて頂いた瞬間、空間のエネルギーがものすごく変わっていくのを感じ、パワーアップしていきました。

最後の皆でのエネルギーワーク。一人一人が、根源のエネルギーの全きポータルとなっていき、地面に足がめりこむのと同時に……！！！

根源のエネルギーが、皆を通って、地上の地面、地球に向かって！！！　もの凄い地響きとなり、流入していくのを、２回感じました。

膨大なエネルギーが地面を通り、地球に流入し、みるみるうちに、光輝く美しい地球になっていくヴィジョンを感じました。

根源の神殿のポータルとなり、ギネス更新してまいります。

＊＊＊＊＊＊＊＊

――こうして、二〇一六年の終わりは、これまでのすべて、そしてこれからのすべてを表しているように！！！！！！！！！！！！！！

とても重要な動きとなりました！！！！！！！！！！！！

そして、その重要な【兆し】は、徐々に、二人、三人……と、増えつつあるのです！！！

そして十二月も、さらに重要な動きとなりました！！！！！！！！！！！

それについては、第四章でお伝えしていきます！！！！！！！！！！！

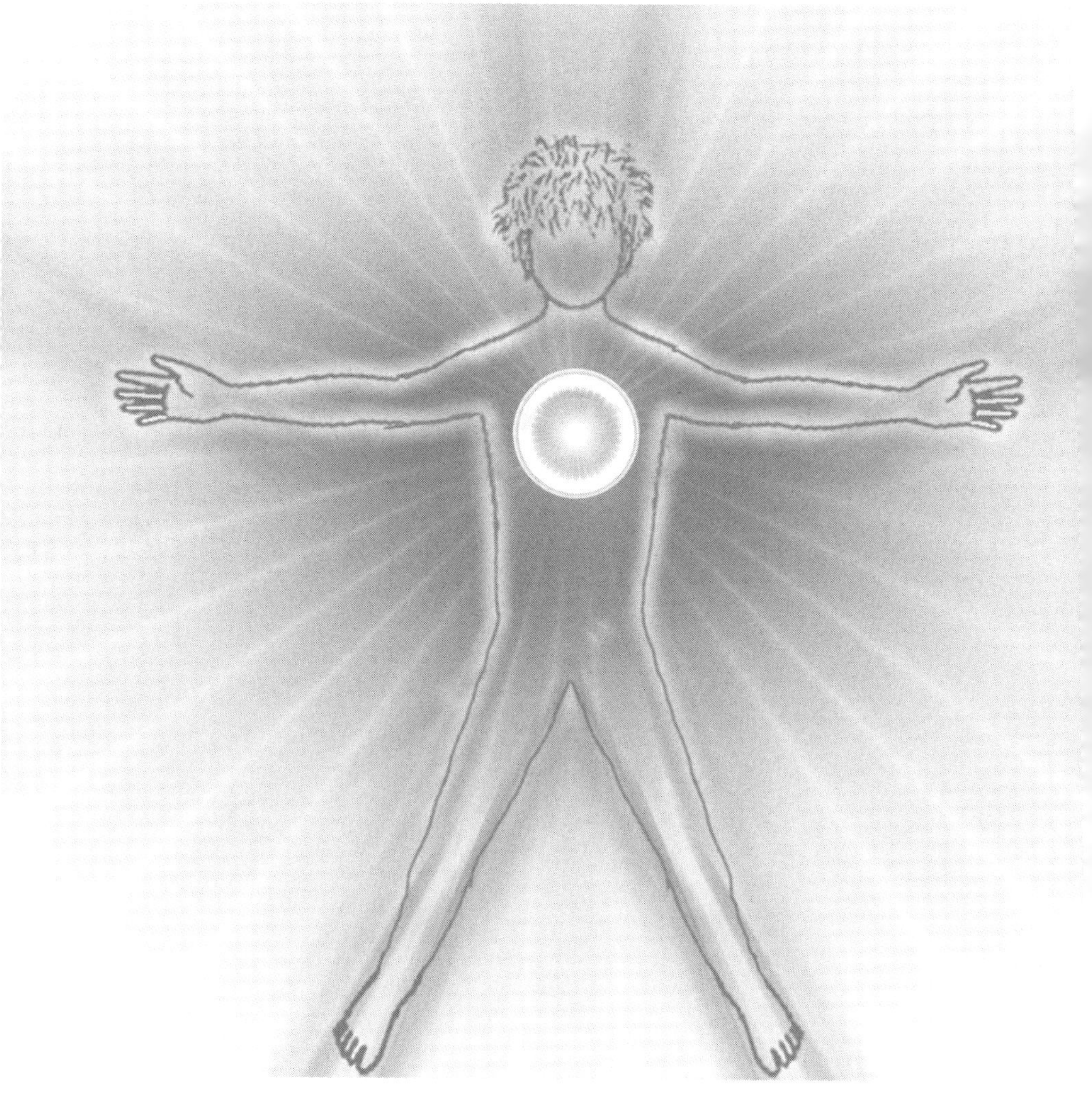

第四章

愛の化身

たまらん全開MAX！！！

前著でもお伝えしましたように、二〇一五年十二月は、とても大きな動きでした！！！

一つひとつの動きが超莫大なのですが、トータルで俯瞰すると、すべてが本当につながっているということが、よくわかってきます！！！！！！！！

その月は、ロード・サナンダの、史上初の（！？）《どしゃぶり！！！》となりましたが、ロード・サナンダは、それは史上初でラストだとおっしゃっていました。

「私は、『太陽の道』を、創っているのだ」と！！！！！！！！！！

今、本当にその通りに進んでいると感じます！！！！！！

そして二〇一六年十二月。それが、どのような動きになるのかワクワクしていました。

十二月が近づいてくると、高次＝全ハイフーセルフ連合から、メッセージが伝わってきました。

「今年の十二月は、ロード・サナンダや、マスター方や、大天使などは、地上に降りません。　地上にいる（アセンション・ライトワーカーの）皆さん一人ひとりが、愛のポータルとなるのです！！！！」

と！！！！！！！！！！！

――う～ん、なるほど！　たしかにそれは、本来、あたりまえのことだと！！！

そしていよいよ、その時がやってきたのだと！！！！！！！

そして十二月中旬、ある所へ地球との共鳴＆エネルギーワークに行くため飛行機に乗っていた時のことです……。

Ｌｏｔｕｓさんが隣に座っており、私は機内のインターネットで、黙々＆ワクワクと、志事《しごと》（アセンション＆ライトワーク）をしていました。アカデミーの皆のレポートを読んだり、返信を書いたり……。

……そのうちに何やら不思議な気配を感じたので、隣のＬｏｔｕｓさんを観てみると、Ｌｏｔｕｓさんは時々そうなるのですが、この時も、飛行機が離陸した瞬間からとても不思議な感じになっていました。ノートを取り出して、何かをものすごく熱心に書いているのですが、その集中の度合いが、尋常ではないのです。

まるで火だるま（！？）のような感じで、もうもうと煙を上げそうなくらいです（笑）！！！

今までに見たことがないくらい集中しているので、しばらくは話しかけませんでしたが、それからもずっと、ますます！！！　ギネス更新していき！！！

あまりにすごいので、とうとうＬｏｔｕｓさんに、何をやっているのかを聞いてみました。

すると！！！！！！

ノートから顔を上げたＬｏｔｕｓさんは！！！　目玉の大きさが、何倍にもなって！！？

目も、顔も、ウルウルで、ブヘブへ！！！！！！！！！！！

……Ｌｏｔｕｓさんに、いったい何をやっているのかを聞くと、

「ただひたすら、センター（中心）が開くまで、基底（第一光線）のパワーを上げています！！！」

ということでした！！！！！！！

よく聞いてみると、離陸した直後から根源のハイアーセルフ（御神体）が胸の中心から話しかけてきたとのことで、その御神体が、

『《ここ》まで、（地上セルフが）上がって来るように！！！』

と、明確に伝えてきたとのことなのです！！！！！！！

『絶対に、絶対に、（根源の御神体に）つながる、重要なポイントがあるから！！！』

とのことでした！！！！！！！！！！！！

それをＬｏｔｕｓさんが実践し、ひたすら、基底（第一光線）のパワーを、中心まで、全開ＭＡＸ！！！

で、上げて、上げて、上げていった時に……！！！！！！！！

――滂沱《ぼうだ》の、ウルウルの、ブヘブへになったとのことでした！！！！！！！！！

これまでも、そしてこの前後のアカデミーのワークショップでも、基底から中心までの強化と、ハイアーセルフを中心に降ろしてくる強化、そしてその中心で統合した六芒星の強化を行っていました。

しかし、地上セルフとハイアーセルフの中心で一体化した六芒星にも、無限のレベルがあります。

五次元レベルでもできますし（これが基本となりますが）、ＭＡＸは、イメージで言うと、一〇〇〇次元レベルのものとなります！！！！！！！！！

第五章で詳しくお伝えしますが、根源の神界につながる最初のレベルが、じつは一〇〇〇次元であると言えます。

しかしそれは、ただ難しくて高度なものではなく、特に今は高次のサポートにより、本書でお伝えしているような誰にでも可能ないくつかの準備と、一〇〇〇パーセントの【気愛】！！！さえあれば、誰でも、まずは可能なものなのです！！！！！！！！

そしてＬｏｔｕｓさんの場合は、まだ確立されたものではありませんが、ハイアーセルフの系統にもより、一〇〇〇次元の新ＧＷＢＨ、すなわち新・神聖白色同胞団＝根源神界につながる根源天界のエネルギーを、潜在的に持っているのでした……！！！

前著でお伝えした、二〇一六年二月の動きの続きとなるようで、新Ｇと、そのＤＮＡにつながるエネルギーを感じるものでした。今後の重要なひな形のひとつになると思われました。
（その詳しい内容については、巻末の、Ｌｏｔｕｓさんの寄稿を参照ください）。

分かりやすい表現としては、

地上セルフの基底＝第一光線のパワー＝クンダリニーが、十分に中心（ハート・魂）に、真に到達すると、パカッッ！！！　と、上（ハイアーセルフとつながるサハスラーラ）が開く！！！

と、言えます。

真に中心に到達すると、ハイアーセルフにつながり、サハスラーラが開くので、自分で明確に分かる、ということです！！！！！！！！！！！！！

そして、多くの人たちが、これを体験し、実現しつつあります！！！！！！！！！

——Ｌｏｔｕｓさんの場合は、前述のように少し特殊なケースではありますが、今後の重要なひな形のひとつでもあります。

Ｌｏｔｕｓさんによると、その根源＝御神体とつながった、一体化した感覚とは、

たまらん〜〜〜！！！

としか、言いようがないとのことでした（笑）！！！！！！！！！！！！

しかし、その後のさらなる検証では、この「たまらん」だけをキープしようとしてもダメなようでした。

やはり、もっと、もっと、もっと！！！　地上セルフの、**氣愛**が必要なようです！！！（笑）

※「たまらん」になるためにやるのではなく！！！　地上セルフの、みんなのアセンションのための気愛が中心まで上がった時に、「たまらん」になるのだと！！！！！！！！！

――そして、着陸するまでの約三時間、Ｌｏｔｕｓさんは、ずっと、「たまらん～！！！」状態だったとのことでした（笑）。

愛の化身

——その重要な動き＝「たまらん！」は、飛行機の中で終わったのではなく……！！！

じつは、現地に着いてからが、本番だったのです！！！！！

……まず、現地に着いた瞬間から、いたるところに虹があらわれはじめ、それは滞在中の約一週間、ずっと続きました！！！

そして、どんどん、どんどん、どんどん、重要な動きになっていったのです！！！！！！！

ゆえに、到着してすぐに、同行したアカデミーのメンバーたちと緊急会議を開き、ネットミーティングの段取りをして、全体と共有できるようにしました。

そのミーティングの場が、まさに、ハイライトとなっていったのです。

——まさに、高次のすべてが予言していた通りでした！！！！！！

高次のすべてが！！！！！！！！！！！！！！

高次のすべての【愛】が！！！！！！！！！！！！！！

ひとつになった！！！！！！！！！！！！

としか、言いようがありません……！！！！！！！！！！

——本書でお伝えしてきたように、自分の中心＝ハート＝ハイアーセルフ＆高次とつながるアセンション・ゲイトに、しっかりとつながった時！！！

その時に、すべてがひとつとなった！！！　高次のすべての愛と、ひとつになったのです！！！！！

まるで、高次のすべてが、巨大な愛の翼の天使となったようにも観えました。

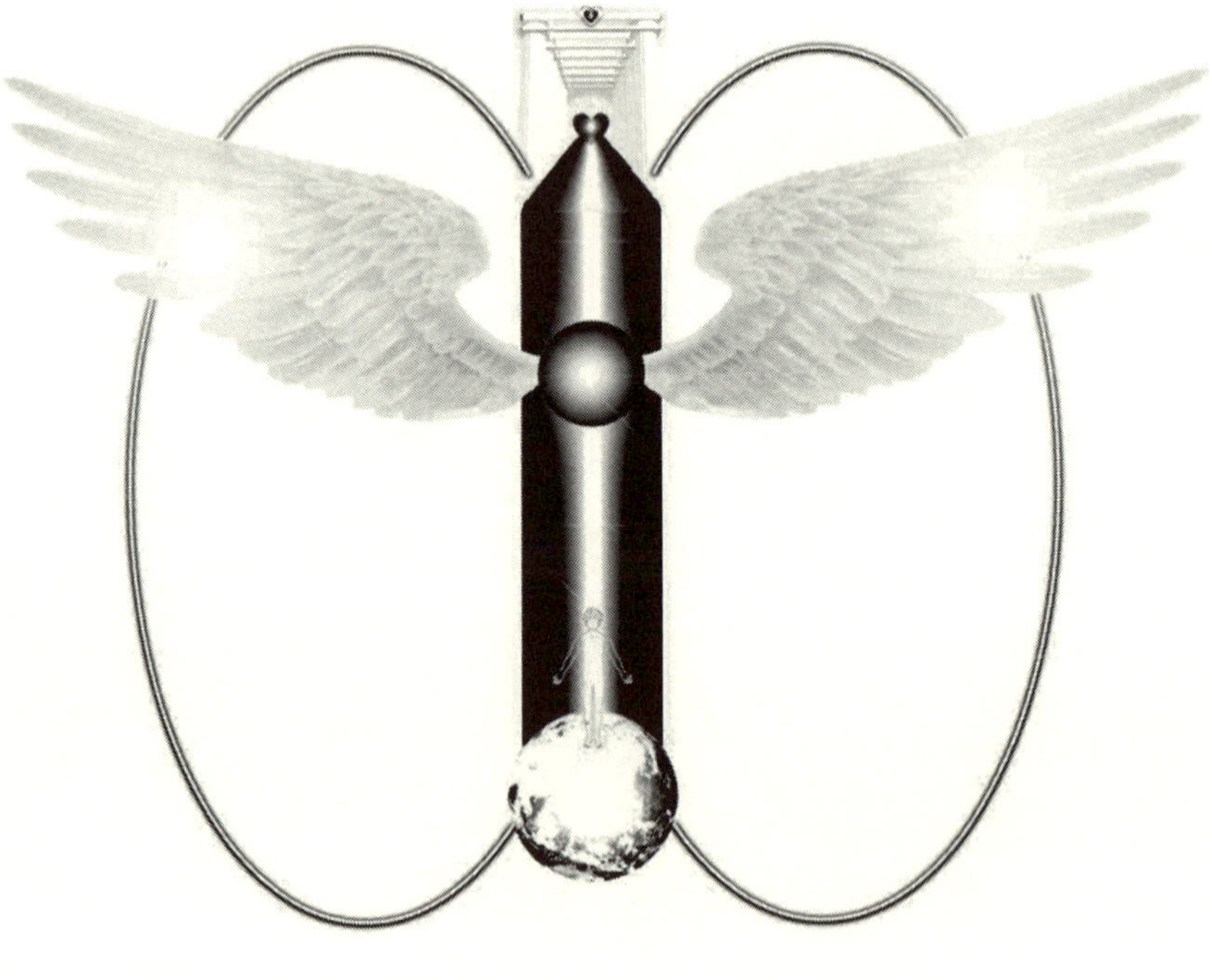

その時に、新しい大天使「セラフィム」（熾《し》天使）というメッセージも聞こえてきました。

（聖なるかな、聖なるかな、聖なるかな、というマントラとともに！）

――そして！！！！！！！！！！！！　その地上のポータルが、

愛の化身

であり、我々一人ひとりなのです！！！！！！！！！！！！！

《大いなるすべて》からのメッセージを、お贈りします。

＊＊＊＊＊＊＊＊

《大いなるすべてからのメッセージ》

今、大いなるすべてが、ひとつの愛になっています。
大いなるすべてとは、高次のすべてであり、
あなたのハイアーセルフ、ハート、魂、永遠不滅のもの、
そのすべてです！！！

では、それらが、今、なぜ、ひとつの愛になっているのでしょうか。

皆さん一**人**ひとりに！！！
愛の**化身**になってほしいと言っています！！！

大いなるすべての愛の、**地**上のポータルとなるのは、
皆さん一**人**ひとりであり、**地**上にいる**皆**さんであり、
地上にいる**皆**さんのみなのです！！！

大いなるすべての**愛**は、宇宙のすべての愛であり、
とても莫大なものです。

皆さんの愛のすべてでもあります。
その愛は、地上のすべての人、地球のすべての存在が、
幸せになってほしいと願っています。

それは、何かを無理に変えようとするものではありません。

地上にいる、皆さん一人ひとりが、
ただ、ただ、大いなる愛のポータルになり、
愛の化身となる時！！！！！！！！

一人ひとりの、愛の、本当の願いを発現する時！！！！！

その愛は、必ずや、世界に響いていくでしょう！！！！！！！！！！！
とても静かに。とても自然に。
そして莫大に！！！！！！！！！！！！！！！

大いなるすべての愛より

では、本章の最後に、皆さんの「愛の化身」実践ワークのレポートを、お贈りいたします！！！！！！！

＊＊＊＊＊＊＊

菊香さん

「大いなるすべての愛の化身になる！！！」実践レポートです。

愛の化身の動きが始まり、根源、全高次、大いなるすべては、どれほどに、地上、人類のことを愛しているのか！！！

どれほどの、想い、願いなのか！？　それを、感じていました！！！！！

根源、全高次、大いなるすべてから、地球、人類へ向けてのギフト。

それは宇宙に存在する、すべての愛……！！！

号泣ではすまされない！！！　ハートがバラバラになるぐらいのエネルギーを、ただただ、地球、人類に流入させたい！！！！！

ただ、それだけの想いでワークを進めています！！！！！

最初は、『祈り』からスタートしました！

「根源、全高次、大いなるすべてから、地球、人類に贈られている愛を、流入させたまえ」

それは、自分（地上セルフ＆ハイアーセルフ）の想い、願いさえもなくした状態。

一点の曇りもなく、自分がまったくない状態！！！！！

――今生、地上に生まれてから、そして、これまでの宇宙史での想いなども、いったん、すべて捨てる！！！

これが、私にとっては、とても大事でした。

これまでは、潜在的に、地上セルフだけが、何とかしようとしていたことがわかりました。

大いなるすべてのポータルとなる感覚がわかりました。

（大いなるすべてを信頼して、委ねる感じです）

地上セルフの神聖なクリスタル化は、すべてのベースとなります。
何となくやるのではなく、常にこの状態が必要だということがわかりました！！！！

そうすると、自分の中心に真実のみが残りました。

それは、真の自己であり、核＝珠でした。

そのとき、地上セルフも、根源も、大いなるすべても、同じ想いであることがわかりました。
基底からのエネルギーが、核でカチッとはまり、上がパカッと開いた状態となっていました。

――その想い、願いは、どこから来るのか！？
自己の真実である珠の、中心の中心の中心、自分の内奥へと向かうと、行きついたのは、根源でした。
根源のエネルギーは、自分の珠とまったく同じでした。

私の真実＝珠は、根源の分御珠であることが実感されました！！！！

（これを絶対に忘れない！！！　常にここを中心に生きる！）

そして、根源のエネルギーは、全宇宙、全高次のエネルギーが、すべて集まって、凝縮していて、すべての中心である。

テン＝マル。マル＝テン。

しかし、それは、自然にそうなっているのではなく、すべてのために、宇宙最強の愛の意志により、不動の中心に在り続ける！！！

その求心力があるからだとわかりました！！！！

自分もそのポータルとなるために、珠＝核でつながり続ける実践をした時、根源、全高次の愛が珠に集まり、体が震え、細胞が、しびれるような感じで、体が熱くなりました。

この地上に人として生まれた目的とは、人類の集合意識の一部になり、連動するため！！！

それは、高度なことではなく、ただ、自分のすべてを捧げて、ただただ、すべての幸せを想い、ただただ、すべてを愛している状態。

その根源、全高次の愛に、体が打ち震え、その肉体の振動や自分の体温は、確実に、空気（空間）に伝わっていく。

それが、世界に伝わる！

自分が、皆を無理に変えようとすることではない！！！

自分というポータルを通して、根源、大いなるすべてが、自然にやってくれる。

地上セルフは、根源とつながった核で、すべてのために、この地上でそのポータルになり、百が来れば百、千が来れば千、そのまま、流入させるだけ！！！

中今、根源を中心に、全宇宙、全高次、大いなるすべてが愛でひとつになり、地上に、ハダム・ウリモンが生まれようとしている！！！

私たちが、その一部として、大いなるすべての愛の化身として、この地上に生まれること。

すべての人が、今、この地上に人として生まれた目的、愛そのものになる！！！！

それを果たすことが、世界の人々へのプレゼントそのものになる！！！

――Ａｉ先生が、そのように言われたことそのものなのだ、と感じます！！！！！！

みんなのために！！！！！　全開ＭＡＸで、愛のプレゼントそのものになります！！！！！！

Keiさん

この地上で、本当に心底から、愛そのものをやりたいと思った時に、こみ上げる衝動が、内側から現れはじめました。

何が何でも、この地上でやりたい！！！！！！！！！

これまでは、この地上でやる！！！　という意識が、まったく無かったことに、初めて気づきました。

その上で実践に臨みましたが、地上セルフの気持ちだけでやろうとしても、何も動きませんでした……！！！

しかし、大いなるすべての愛を、地上に流入させるために、核を根源につなげて、すべてを無にした時、すべてを貫く、すさまじい、莫大なエネルギーが降りてきました！！！

それは、宇宙全体の、透明で莫大な愛が、地上に流入してきた感じでした！！！

とてもニュートラルで、神聖で、うるうるの状態です……。

地上セルフだけで考えていたものと、完全にポータルになれた時に、降りてきたエネルギーの、圧倒的な差を、初めて実感しました！！！

すべては、真にポータルに徹することから始まると感じました。

てるみちゃん（八歳）

愛のけしんのワークをやってみて、ポータルとなることが、ぜったいにひつようだとおもいました！！！

りゆうは、いま、このときしか、ぜったいにできないから！！！

愛そのもの＝ほんとうのじぶんになる！！！

（のうみそは、ゼロパーセントにするのがだいじ！）

今日一日、できることを、全力でやりつづけるぞ～～～！！！　お～～～！！！！！！

あきらくん（十一歳）

愛の化身のワークをしたら、愛のロード・サナンダから、メッセージを受けとりました。

愛する根源の家族へ

いま、根源から、大いなるすべてが、おりてきています。
これをどうか受けとってください。
そうすれば、愛の化身になれます。
これは、今しかできないことです。
みんなでエネルギーをひとつにすれば、大いなるすべてがおりてきます。

愛のロード・サナンダより

地球が、愛でひとつになったのを感じました。

ゆらちゃん（十一歳）

「愛の化身」の、実践レポートです！

全体の感想は、自分のエネルギーを、中心＝センターまで上げて、上がったり、下がったり、ぶれないようにするとよい。

できても、さらにやるとよいと思いました！！！

愛全開ＭＡＸになるまでやって、ギネス更新できるまでやらないと、下がったりしちゃうから、絶対にブレない心をもって、やり続けていくことが大事です！！！

その他、実践してみて感じたことは、自分が「場」のエネルギーそのものを、つくるつもりでやることが大事だと感じました。

それが、自分が愛そのものになり、愛の化身になるということだと思いました。

最初に、エネルギーがつながりはじめた時……最初は、あまりセンターがカチッとはまった感じがしなくて、センターが少し下がっているからだと思いました。

まわりのことに意しきがいっちゃったりして、少ししかつながっていない感じがしました。

次に、愛の化身のイメージの絵を描きながら、中心にフォーカスしてみました。

そうしたら、中心＝センターに、前よりもカチッと、はまった感じがしました！！！

そうすると、まわりのエネルギーも、神聖になって、フォトンのエネルギーにつつまれて、ワクワクと、愛がいっぱいのエネルギーになってきました！！！

中心から、フォトンのエネルギーが、パァーーーーッとでてきて、愛につつまれました。

そのときに、【愛そのものになる】というメッセージを感じて、だんだん、愛そのもののエネルギーになっていきました！！！

しっかりと、中心でつながったのを感じました。

いつもこのままで、ギネス更新するのが大事だと思いました。

第五章
根源の岩戸全開ＭＡＸ!!!

アクエリアスの太極点通過

——『根源へのアセンション』の動きについて、これまでのすべてを振り返ってみると、やはり二〇一六年十月からの動きが大きいと思います！！！！！

明確にいうと、『根源へのアセンション・プロジェクト』の本格始動です！！！！！

特に！！！　日の本に住む、すべてのアセンション・ライトワーカー（地球と人類の次元上昇をサポートしたいと思っている人）にとって！！！

そして、日の本全体、地球全体、そして宇宙全体にとって！！！！！！！！！

では、『根源へのアセンション・プロジェクト』の本格始動とは、どのようなことでしょうか！？

実はこの時から、すべてが根源と、本格的につながり始めたのです！！！！！！

――では、根源と本格的につながるというのは、どういうことでしょうか！？

具体的にはどのようなことだと皆さんは思われるでしょうか！？

それは、皆さんが思いもよらないことかもしれません！！！！！！！！

想像すらしたことがないかもしれません……。

しかし、今！！！　それは動いているのです。

おそらく、聞いてみれば多くの人が、「なるほど、そうか！！！」と、思い当たるふしが、多々あるのではないかと思います。！

……ズバリ言うと！！！！！！！！！！！！

あらゆるすべて、あらゆるエネルギーが、１０００億倍（！？）に、増幅される！　ということです！！！

特に、日の本！！！　中でも特に、日の本のアセンション・ライトワーカー！！！

なぜなのかは、少し考えれば皆さんもお分かりかと思います。

超古代から、各界より、日の本とは、マルテン（チョン）の原理そのもの、マルテン（チョン）のテン（チョン）と言われています。宇宙、地球、世界のひな形なのです。

――ゆえに、この宇宙、地球の最終アセンションの今、この時。

――最終アセンションというよりも、むしろ、根源＝新宇宙への最新アセンションの、始まりの、今、この時！！！！！！！！！！！

根源のアセンション・プロジェクトが本格始動し、根源がつながってくると……！！！！

――根源＝すべてのエネルギーが、マルテンのテンに、集まってくると言えます！！！！

……皆さんも、思い当たるふしが、多々あるのではないかと思います。

特に、１９９０年代の前半の頃に、地上が明確に四次元にシフトしてからです。

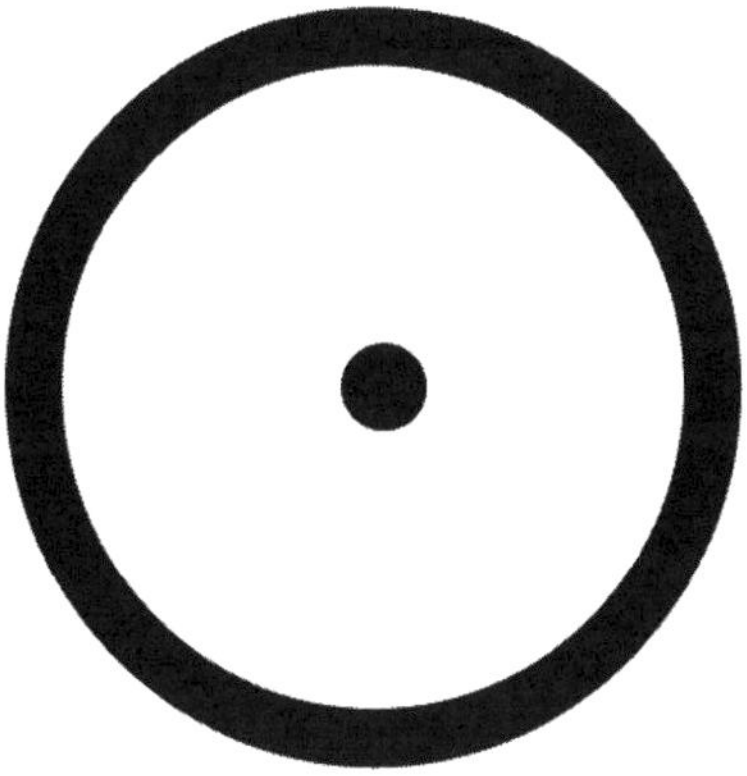

マルテン

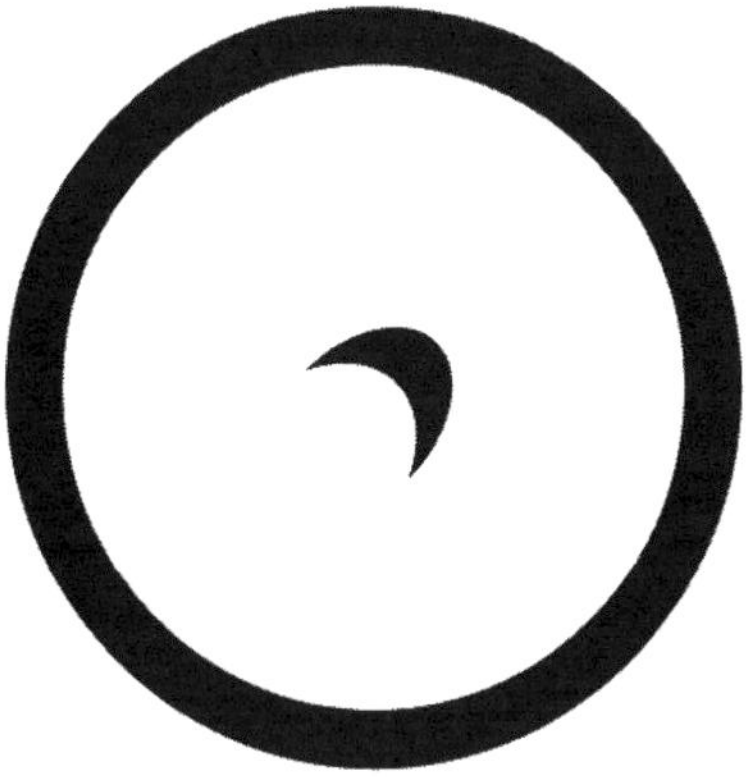

マルチョン

例えば、明確な理由がないのに、エネルギーが重い、または逆に軽いと感じる。
明確な理由がないのに、気分が下がったり、上がったりする。
病気ではないのに、突然具合が悪くなったり、突然治ったりする。等など。
これらは、集合意識全体のエネルギーや動きと、連動している場合が多いと言えます。
そしてそれらが、特に最近増えてきたと感じている人が多いのではないかと思います。
(私も実際に、周囲の多くの人から聞いています)

——と、いうことは!!!

じつは、いよいよ!!!!!

日の本のアセンション・ライトワーカーの、波動が上がれば上がるほど!!!!!!

意識が上がれば、上がるほど!!!!!!!!

集合意識全体、地球全体も、上がる時が来た！！！！！！！！！！！！

ということなのです。

今、明確にそれが始まっています！！！！！！！！！！！

さらに、日々、ますます、加速し、増幅し、拡大しています！！！！！！！！

――そして、二〇一七年の新年が明け、根源のエネルギーも、ますますシフトしてきました。

それはアクエリアスを象徴し、ますます神聖な女性性のエネルギーとなってきました！！！！！！！！

――そして、いよいよ！！！！！！！！！！！！！！

節分となり、立春となった瞬間！！！

ある大御所の方々とも確認しましたが、明確に！！！

アクエリアス（水瓶座）の太極点を、通過したのです！！！！！！！！

――この太極点通過の前後は、旧エネルギーとのオーバーラップ（重なり）がありますが、明確に、通過したのです。

「太極点の通過」とは何を意味するかというと、明確に言えば、「不可逆」です！！！

すなわち、二度と、後ろに戻ることはできない、ということなのです！！！！！！！

それを、全人類、全存在が、選択したということなのです！！！！！！！！！！

ゆえに、あとは、アクエリアスの時代＝根源へのアセンションへ向かって、進んでいくのみなのです。

根源の岩戸全開ＭＡＸ!!!

――本書のメインテーマでもある、『根源の岩戸全開ＭＡＸ！！！』

トータルで観ると、特に一年前から、その準備が始まっていたと言えます！！！

一年前の、天界のゲイトの全開ＭＡＸ！！！！　それにより、ロード・サナンダの全開ＭＡＸ！！！となり、太陽道の準備ができ、宇宙、地球、人々（特にアセンション・ライトワーカー）のサハスララーラ（頭頂のゲイト）が開きました！！！！！！！！！

直接的には、あるポータルとなる場所から始まっています。

その場所のひとつは、地球の地上のひな形＆ゲイトとなる場所で、インナーアース（＆地球のハート＆ロード・サナンダ）とつながっている場所。

ここで、ロード・サナンダのどしゃぶりの全開ＭＡＸ！！！　太陽道、宇宙・地球・人々（特にアセンション・ライトワーカー）のサハスラーラ＝頭頂のゲイトのオープンが、始まりました！！！

そしてもう一つは、地球の海のひな形＆ゲイトとなる、インナーアース（シャンバラ＆その艦隊）とつながっている場所です。

ここで、**根源の岩戸全開MAX!!!**が、始まったのです。

この場所は、座標としては重要ですが、裏の準備のためのものなので、場所が重要なのではありません。

最も重要なのは、**根源の岩戸が全開MAXで開いた!!!**ということなのです!!!!!!!!!

――さらに思い出してみると、なんと!!! 実は十年以上も前に、この場所についての重要な体験をしていたのでした!!!

それは、これまでの中で、最も重要な霊夢＝リアルな体験のひとつでした。

十年以上も前のある日のこと。突然、眠っている時に、その海のゲイトの座標がある場所が出てきました。

そこに突然、地球霊王のサナート・クマラが現れたのです!!!!!!!!

永遠の十六歳と言われる美しい黒髪のサナート・クマラが、神聖な白いローブを着て、一人で、ある作業(!?)を行っていました。

それを観せてくれたのです。

（それを観せることが目的のようでした）

それはなんと！！！！！！！！！！！！！！！！！！

――人類全体の、集合意識全体の、サハスラーラ（頭頂のアセンション・ゲイト）を、つなぐ！！！

というものだったのです。

――その座標に、そのゲイト＝ルート＝コードがあるのだが、途切れ途切れとなっていて、なかなかつながらない！！！　ということでした……！！！！！！！！！！！！！！

……私は地上でその情報を聞くのは初めてで、想像したことのない内容だったので、目覚めてから、なんと不思議な内容なのだろう！　と思いました。

そしてそれからほどなく、実際にその場所へ行ってみました。

たしかにそこは、サナート・クマラのエネルギーとつながっている場所でした。

しかし、メッセージでサナート・クマラが伝えてきた内容＝人類全体のサハスラーラをつなぐ！！！

ということについて、今後どのように動くのかは、まだ謎でした……。

そして！！！！！！！！！！！！！！！！！

十年以上もたってから！！！　今、この時に！！！！！！！！！！！！

おそらく、今、この時だからこそ！！！！！！！！！！！！！！！！！

突然、動き出したのです！！！！！！！！！！！！！！！！！！！！

――それは、十月からの根源のアセンション・プロジェクトの本格始動を目前にした、二〇一六年八月八日の、龍宮（シャンバラ）からのメッセージで始まりました！！！！

それは、海やシャンバラについての、様々なメッセージでした。
（実はそれにより、第三章でお伝えしたパラダイス・エネルギーワークも始まったのです）

その直後に、あるきっかけにより、十年前にサナート・クマラからメッセージがあった場所に行くことが決まりました。
しかしその時には、まさか十年前のサナート・クマラのメッセージの本番そのものとなっていくとは、思いもしませんでした。

その場所に行くためには、最低数か月の準備が必要でしたので、十一月に行くことになりました。

そして十年ぶりの現地で……！！！

次々と、超重要な動きがあり、とても大切なことがわかってきました。

中今&本来、その座標は！！！！！！！！！！！！！！

銀河の中心から、シリウス、そして地球まで、一直線につながる（ポータルとなる）（唯一最大の）座標でした！！！

第一回目は、そのルートの調査&確認と、そのエネルギーの強化となりました！！！！！！

そして、大本番が！！！！！！！！！　二〇一七年一月の、旧正月の元旦（初不動の日）となったのです！！！！！！！！！！！！！！！！！！！！！！！！！

日の本のアセンション・ライトワーカーが！！！！！！！！！！！！

【アセンションの不動の柱となる】ということを決意した時に！！！！！！！！

一〇〇〇年かかっても、地球と人類のアセンションをサポートする！！！

一〇〇〇年かかっても、根源へのアセンションをサポートする！！！！！

最後の一人になっても、それをやり抜く！！！！！！！！！！！！

その不動の意志と愛で、地球と人類のために、一〇〇〇Dまで到達し、アセンションの不動の柱となる！！！！！！！！！！！！！！！！！！！！

――それを決意した時に……！！！！！！！！！！！！

その瞬間、地球の中心から、日の本の中心から！！！！！！！！！！！！！！

不動の柱が昇っていったのです！！！！！！！！！！！！！！！

——それは、赤い、クンダリニーのようでもあり、スシュムナーのようでもありました。

そして、一人ひとりの根源の分御珠（魂）から生まれた柱のようでもありました！！！

最初は、３センチくらいの柱のように観えました。

それは一見、外側から観ると赤い柱のようですが、まさに珠が柱になったように、その断面は、根源の光でできた菊の花の形に観えます！！！！！！！！！

――そして、だんだんと……！！！

その根源の柱が、太くなっていきました……！！！！

それが、人の等身大の幅くらいになった時……！！！！！！！！！！！！！

それが、起こったのです！！！！！！！！！！！！！！！！！！！！！！！！！！！！！

それは！！！！！！！！！！！！！！！！！！

……もはや、言葉で表現することができません！！！！！！！！！！！！！！

根源に、日の本の願いが届いた時。

（その瞬間に）

根源の岩戸が開いた！！！！！！！！！！！！！！！！！

（しかも、全開ＭＡＸ！！！で！！！！！！！）

そして、その時に……！！！

根源の岩戸が、史上初めて！？！！！！！！！！！！！！

完全なる全開となり！！！！！！！！！！！！！！！！！

そこから、根源の光の滝が、怒涛のように降りてきたのです。

——そのいまだかつて観たことがない、莫大な、根源の光の滝！！？は……

なんと！！！！！！！！！！！！！

地球の幅よりも、大きいものでした！！！！！！！！！！！！！

地球が、すっぽりと入る大きさです！！！！！！！！！！！！！！！！

――かつての宇宙規模のグランドクロスが、一千億倍になったかのような！！！！！！

想像もしたことのない、想像を絶する、根源の光の滝でした！！！！！！！！！！！！！

――それが、根源からの応答だったのです。

――そしてそれは！！！！！！！

地球を護るためのものなのです！！！！！！！！

地球が、根源へのアセンションを遂げるための！！！！！！！！！！！！！！

一〇〇〇Ｄのイニシエーション

――これまでにお伝えしてきた動きにより、中今のプライオリティー＝最優先事項は、前項でお伝えした『根源の岩戸全開ＭＡＸ！！！』による、地球全体が丸ごと入るくらいの莫大なフォトンの柱のシールドであること、そしてそれをキープ＆ギネス更新すること！！！　ということが、明確になりました。

ではなぜ、この根源の莫大なフォトンの柱のシールドが重要なのでしょうか？

理由は無限にあると思いますが、主には次の二つであると思います。

「根源につながる」ということ。イコール、「根源へのアセンション！！！」の、フィールド＆シールドとなる、ということです。

――では、そのためには、どうしたらよいのでしょう！！！！？

前項でお伝えした内容を思い出してください。

まずは、いつ、『根源の岩戸全開ＭＡＸ！！！』となるのかについてです！！！！！

――そう、それは、日の本のアセンション・ライトワーカー＝皆さんの、愛、意志、願いが、根源に届いた時です！！！！！！！！！！！！！

――どうやったら根源に届くのでしょうか！！！！！？

たしかにトータルでは、すべてのエネルギーが届いていると思います。

なぜなら、根源とは、すべての根源だからです！！！！！！！！

では、どうすれば明確に《根源》に届くのでしょうか！！！？？？？

――それは、『根源へのアセンション！！！』につながっていくと、皆さんも感じておられると思います。

根源、そして神界は、「何々次元」という表現では、真には表せないと言えます。

神界とは、大いなる源であり、大いなるすべてであり、形で表現するならば、球体のイメージが近いからです。

それに対し、天界は、縦軸や、光線の役割が主なので、多くの場合、「何々次元」という表現が可能です。

では、根源に最も近いと思われる次元とは、どのようなものだと皆さんは思いますか！！？

前述のように、特に根源神界は、究極的には次元で表すことはできず、言うなれば「無限大次元」であると思いますが、大体どのくらいの次元になるとつながってくると思いますか！？

――数字は、メタファーでもありますが、数霊でもあり、エネルギーでもあります。

それで観ると、『１０００Ｄ』（次元）であると言えます！！！！！！！！！！

ではなぜ、『１０００』なのでしょうか！？　それはやはりメタファーでもあり、数霊でもあり、エネルギーでもあるのです。

宇宙の最高次のマスターと言われる神聖白色同胞団（ＧＷＢＨ）の方々が、１０００人おられると言われているということも関係していると思います。

エネルギーで観ますと、アセンション後の新宇宙の中今最新の神聖白色同胞団（新ＧＷＢＨ）は、最も根源神界に近い、『根源天界』であると言えます。

ゆえに！！！！！　１０００Ｄとは！！！！！！！！

根源神界につながる、最初のレベルなのです！！！！！！！

ゆえに、１０００Ｄ＝新Ｇ＝根源天界につながり、到達すると、根源神界へつながっていけるのです！！！！！！

※では！！！！　どうすれば、１０００Ｄにつながることができるのでしょうか！！？

1000Dのマスター方は、次のように言っています。

中今の、旧宇宙の最終、そして新アセンション宇宙の始まりの、今、この時！！

（＊ゆえに、今この時だけの特例で）

その第一歩として、たったひとつだけの方法、唯一最大の方法がある！！！！

それは！！！！！！！！！！！！！

（あなたの今の！）１０００倍、１０００億倍の、氣愛のみ！！！！！！！

である、と！！！！！！！！！！！

それが、

一〇〇〇年かかっても、地球と人類のアセンションをサポートする！！！
一〇〇〇年かかっても、根源へのアセンションをサポートする！！！！
最後の一人になっても、それをやり抜く！！！！！！！！！！

という、愛と意志！！！！！！！！！！！

そのエネルギーそのものが、１０００Ｄに届く、第一光線＝クンダリニーになるのだ、と！！！！！！

――そして、日の本のアセンション・ライトワーカーたちは、この１０００Ｄ第一光線の強化を進めていきました。

その中で、いくつかの課題が観えてきました。

いろいろとある中で、その中心となるテーマは、ひとつに絞られてきました。
この内容は、多くの皆さんにも、心当たりがあるのではないかと思います！！！

特に重要なテーマは、「ひとつのことにしか集中できない！」ということです。集中と言えばひとつにフォーカスすることと思いますが、この場合、簡単に言うと、「ひとつのことしかできない！」ということです（笑）。

すなわち、第一光線＝クンダリニーのテーマだと、基底のチャクラにフォーカスしますが、中心でのハイアーセルフとの一体化＝六芒星＝センタリングが確立されていないと、それがくずれます。

センター＝中心がなくなってしまう、ということです。

センター＝中心がなくなると、ハイアーセルフとのつながりが切れます。

さらに、四次元に突入している地上の時空では、センター＝中心ができていないと、様々なマイナスのエネルギーが入ってきやすくなります。

例えば、現代社会に多い、電磁波を増幅するような、脳みそだけで考えるエネルギー。

ハートではなく、口先だけでしゃべるようなエネルギー……。

そして、自己中心的な感情を増幅するようなエネルギー、等などです。

根源のアセンション・プロジェクトの中で、日の本のアセンション・ライトワーカーは、そのような状況になるのではなく、本来の、本源の、よいエネルギーを、中心から全体へ伝えていかなくてはならないですよね！！！！！！！！！！！！！！

ゆえに皆さん、まだまだセンター＝中心の強化が必要であることが分かりましたので、まずは、それを進めていくことになりました！！！！！！！

前著や本書でもお伝えしてきましたが、わかりやすく言うと、『珠《たま》』の強化という感じです。さらにわかりやすく言うと、本書第二章でお伝えした、「マカロニ」（笑）の強化です！！！

「マカロニ」でしゃべる！！！！！！！！！

本音の本音の本音！！！！！！！！！！！！

ハート＆魂の中心、核から！！！！！！！

やはり皆さん、まずはこれがわかりやすいようで、「マカロニでしゃべってください」というと、できない人はいませんでした！！！！！！！！！！！！！

（たとえば、Ｌｏｔｕｓさんも！！！　どんなにピンチの状況でも、「マカロニで！」というと、突然、センタリングができるのです！！！）

皆さまも、ぜひ、ためしてみてください。

そしていよいよ、「ひとつのことしかできない！」「ひとつのことにしか集中できない！」の、卒業第一弾の時が来ました（笑）。

真のアセンションとは、スポーツのスキルとも同じで、総合、統合であり、積み上げですので、不可欠であると言えます！！！

そのコツは、まずは、当たり前のようですが、ひとつのことを、完全にできるまでやる！ということです。

そして、ひとつが確立されたら、それをゼロにする。透明にする。

あるんだけど、透明にする。

観えない状態にする、という感じです。

例えば、今のテーマですと、センタリングが確立できたら、中心を透明にするイメージでキープしながら、基底に意識を向ける、という感じです。

そうすると、必要な場合、いつでも中心に戻ることができます！！！！！！

言うはやすし（！？）かもしれませんが、必ずできると思いますので、皆さまも、ぜひやってみてください！！！　統合の第一歩になっていくと思います！！！！！！！！

では、１０００D第一光線と、珠の強化について、ライトワーカーの皆さんの実践レポートをお贈りします！！！！！！！

＊＊＊＊＊＊＊＊

幸希さん

《１０００％の気愛全開ＭＡＸ大爆発！！！》

基底・丹田にマグマのようなエネルギーを溜めました！！！

特定のやり方は特にはなく、気持ちと、想いのみからくる、自主性だったように感じます。

時々、脳みそ全開になりかけましたが(笑)、自分を信じるという、自分の中心・センターの強化につながったと思います！！！

すべてを愛で観る、愛の意識そのものが必要だと感じました！！

なにがあっても、どのような場所でも、それを忘れない状態！

そのキープ＆ギネス！！！！！

１０００％の気愛全開ＭＡＸ！！！

1000%の気愛全開MAX！！！

1000%の気愛全開MAX！！！

おーーーーーーーーーーーーーーーーーー！！！！！！

あいかさん

「気愛1000%MAX！！！　地上セルフが1000%やる！！！」

地上セルフが本当にやるためには、ハイアーセルフのチャネリングだけではなく、人として、生身の自分が、どうしたいか?!　何をしたいのか?!　が重要！！！　ということで、自分自身の思いにまずフォーカスしました。

「自分は何のために生きるのか?」

ということを、子どものころからずっと求めていて、それが何なのか、どこにあるのかを探し続けていました。

到達したいどこか……！！　いま、ようやく、それは、根源だった！！！　と、顕在意識でつながりました。

根源へアセンションする！！！　それが本当にやりたいことで、今まで、そのために生きてきた！！！

だから、本当にやりたいんです！！！

まわりの人に遠慮したり、人のことばっかり見てないで、まずは自分がやる！！！　なる！！！

みんなのために、自分がやる！！！

この命はそのためにあり、基底＆丹田の力はそのために使う！！！

私はヨガの講師をしており、基底＆丹田の感覚についてですが、しっかり働いている時は熱くなって、仙骨と背骨に熱いものが流れ、基底からセンターの間まで温かく充実するのを感じます。

自分の思い、気持ちがあってこそですが、それだけでは、基底と丹田は動かなくて、やっぱり「愛」だと感じました！！！

自分がやるんだ！！！という意識の中にも、自分のためだけになっていると、動かなくて、「みんなのために自分がやる！！！」という意識になった時に、マグマが大きくなりました！！！

自分とみんなの、両方の意識が大事なんだなと気づきました。

どんな状況、どんなエネルギーの中でも、不動の意志で、やり続ける強さが愛であり、それが力愛不二！！！

すべてを突き抜けていく強さをもって、毎瞬、さらに実践していきます！！！

「中今実践レポート」

１０００Ｄ第一光線とは！？　基底＆丹田のマグマを強化しながら、第一光線とは？　に、ただ純粋にフォーカスすると、「柱」！！！　という感覚がはじめて分かりました。

――地上と、根源をつなぐ柱。それは、背骨でもあると感じました。体を支えている柱である背骨。

もしも背骨がなかったら、体は、ぺちゃんこになってしまう。

今まで、上からくる莫大なエネルギーを降ろそうと思った時、なんで白目になったり、ぺちゃんこになるのかと考えていました。

それは、柱がないからだと、これまでＡｉ先生から伝えられた意味がわかりました！！

ハートや丹田、アジナーなど、どこか単体で受け止めようとしても無理で、すぐにセンターが下がったり上がったりしていました。

柱がある状態になると、とても安定して、揺るがない力強さを感じます。

これまでキープが難しかったのが、常にここに在る背骨！　という感じになりました！！！

そして、第一光線の柱の中で、センターも基底も丹田も強化している感じで、みぞおちの方に引っ張られていたセンターが、カチッとはまりやすくなりました！

地上と根源をむすぶ柱を明確にイメージすると、パカッと開いて、突き抜け、ウルウルがきますが、ここまでになるためには、すごい集中力が必要なので、さらに強化していきたいと思います！

上に上げる分、柱の下を深く地面に差し込み、絶対に地上から抜けない柱にすることも大切だと思いました。

そして、上げると同時に、地上セルフは、完全にポータルになる！　という意識が重要だと思いました。地上セルフががんばるのは、気愛！　気持ち！　愛！　で、あとはハイアーセルフなんだということも、少しずつですが、観えてきたところです。

絶対に、１０００D第一光線を完成させます！！！！！！！！！！！

ゆらちゃん（十一歳）

「さらに１０００倍、強く！！！」

自分の中心まで、第一光線が上がると、中心にカチッとはまりました！！！

さらに１０００倍強くすると、しっかりと、１０００Ｄ第一光線の軸ができて、さらに１０００倍強くすると、本当にワクワクして、自分の中心が真っ赤になりました！！！

常に１０００倍をイメージするのが大事だと思いました！！！

「強化するとよいと思ったポイント」

常に自分の中心まで１０００Ｄ第一光線を上げて、１０００倍を、しっかりとイメージすること！！！

ゆうなちゃん（十歳）

「一番大事と思うこと」

地球の中心に日ノ本がなって、日ノ本、地球、宇宙全部が光であふれているようになったらいいなと思う。そのために２４時間、アセンションをキープ＆ギネス更新したいと思います。

「１０００Ｄ第一光線」

第一光線が、ゴーッと根源まで上がって、ハートがものすごく燃えていて、燃えたハートが、そのまま、太い第一光線になって、メラメラしているのを感じました。

「センターの強化」

核が、ものすごく燃えていて、核はとてもきれいな透明で、メラメラと真っ赤な炎みたいに燃えていて、いろいろな色に光っていました。

さやかちゃん（五歳）（書記　お母さん）

「１０００Ｄ第一光線とは！？」

第一光線とは、１０００％、２４時間、やること！！！

２４時間、やりつづけること！！！　おーーーーーーーー！！！！！！！！！！

「マカロニ＆マスター・モリヤ＆サナンダ先生からのメッセージ」

みんなの本当の命、あったかい幸せを、基底と丹田にうつすと、体じゅうあったかくなります。
これがはなれたらだめで、基底のパワーも、しっかりと上げる！！！
基底から中心へ上げて、さらに根源まで上げてから、降ろす！！！
そしてまた上げる！！！　これはマカロニからのメッセージ。

白目で第一光線をやってもだめで、浮いていてもだめ！！！
核＝マカロニがないと、ダメ！！！
上記の、マカロニからのメッセージを、１００回くらいやるとよい！！！

これはマスター・モリヤ&サナンダ先生からのメッセージです。

彩ちゃん（八歳）

「実践レポート」

１０００Dまでいくと、ほっかほかのトランポリンのようなフワフワにつつまれて、中心があったかくなったような感じがしました。

赤のエネルギーがきて、マグマがたまっていくと、自分のからだが真っ赤っかになって、もっともっともっと赤になって、炎が燃えている感じでした。

おふろにお湯がたまっていくように、下から愛の第一こうせんがあがっていきました。

マグマがあがっていくルートがあるんだよ、とお母さんに言ったら、それがスシュムナーだよとおしえてもらいました。

心愛さん

「1000D第一光線とは！？」

基底から第一光線を上げていくと、基底にものすごく熱いエネルギーを感じ、生きている！！という生命力を感じます。

そして、「みんなのために」「愛する」を意識して上げていくと、センターを通って、根源までつなげられると感じます。

（根源にもどる、という感じでもあります）

地上セルフの基底から、愛の意志、意志の愛で上げていくと、ものすごい勢いで、根源まで届くエネルギーとなるのを感じます。

それは、第一光線の赤が、根源の愛のエネルギーであり、命のエネルギーであり、意志のエネルギーであるから、地上セルフの基底からハート、そして根源まで届くのだと感じました！

根源から生まれて根源に還る。純粋にその喜びでもあると感じます。

この準備のために「神聖なるクリスタルの神殿化」がいかに重要かを感じました。

第一光線を強化するほどに、自分の神聖さも増してくる感じがします。

さらに根源の１０００Dを受け止める器であるためにも、自己をクリスタル化して、器を、神聖に、透明にし、純粋にハイアーセルフと一体となることが、とても大切だと感じました！

ハイアーセルフとの一体化を常に意識して、センターの確立を強化していきます！！！

貴和子さん

「実践感想レポート」

○自己のクリスタル化

美しいクリスタルの神殿！　神聖で、透明で、純粋な器になる！

身体の全てが透明で純粋！　光がほとばしる感じです！　骨も、細胞も、血管も、全てが透明になった感じがしました。この時点で、地上セルフはゼロになる感じがしました。

センターから根源と地球の中心までをつなぎ、スシュムナーを通して、神聖で美しいクリスタルの神聖な道を創る！

クリスタルの神殿になって、すべてを受け入れる準備が出来たと思いました。

◯ハイアーセルフと一体化する！

根源からサハスラーラを通って、センター↓基底に着地。そこからセンターに戻って、中心で合体しました。

◯センタリング、マカロニ、核、たまらん！

この時点でたまらんーーーーーーーーー！！！！！！！　の沸騰点になりました！！！

うるうる！　ブヘブへ！　になりました！！！！

○基底と丹田に気愛１０００％のマグマだまりを創る

センターをキープ＆固定して、全開でーーーー！！！！　溜めて！　溜めて！　溜めてーーー！！

マグマだまりを創る！！！

上からの膨大なエネルギーに耐えられる器になるために、必死にやりました！

○１０００Ｄ第一光線の実践

真っ赤なマグマだまりをいっきに根源まで上げました！　真っ赤な柱が立ちました！　１０００％の、我がない自分に気がつきました。

根源までつながる柱が立つと、我がゼロになれると分かったことが嬉しいです。

この柱の道は、根源が敷いてくれた、神聖で、純粋な、愛の道です。

一人ひとりが柱になって、みんなで重ね合わせて、太くて強固な柱にしていくことが大切だと思いました。

第一光線の真っ赤な柱の回りには、透明な光が輝いていました。

みんなの気愛とともに、自分も強い！　強い！　思いを持ち続けて、この美しい第一光線を立て続けて行きたいと心から思いました！！！

さとこさん

《珠の強化》

「珠の強化」について、実践しながら書いてみました！！！

「珠」でみて、「珠」で感じて、「珠」でやる！！！　常にこの状態からでないと、始まらない！！

なぜならば、珠とは、根源の分御魂で、根源とつながれる、唯一の通信装置。

「珠」は、神聖で、純粋で、美しい！

「珠」でみて、感じて、やっている状態が、ハイアーセルフと一体化している状態！

「珠」は、なんでも知っているし、いつもウルウルしている！

「珠」で伝えれば、伝わる！！！

《実践＆感想》

無限の光とパワーを感じ、純粋で神聖で美しいエネルギーのみの世界を感じました。

「珠」に意識をむけて、「珠」を感じながら、その状態で何かを伝える時、それを常に「言霊」に翻訳して伝えることが重要だと感じました。

そのためには、基底から、根源に届く真っ赤な柱がある状態が必要で、その中心に光輝く「珠」があり、それを感じ続ける状態でいる必要を感じました。

（筋トレをやりながら「珠」を感じて、バーベルを持ってスクワットをすると、体感として基底から力が漲り、珠と連動することがわかりました）

《トータルでの感想》

自分では口で良いことを言っているようでも、「珠」からしゃべっていない時は、脳みそだけなんだということがわかりました。

本当に、中心の「珠」でみて、かんじて、しゃべる、なる、をやり続け、その感覚からずれたら、それに気づき、戻すという強化が重要だと感じます。

それが１０００Ｄ第一光線になり、「珠」の強化となる。

そしてみんなと「共鳴」し、さらにパワーアップしていけるのだと感じます。

それが、歓びですし、本当にわくわくしています！　さらに、キープ&ギネスしていきます！！！

その他、地球の中心の波動と、マカロニの波動が、とても共鳴することがわかりました。

「センタリングを絶対に、くずしてはいけない！！！！」

絶対にやりつづけます！！！

トオルさん

「珠練（珠の強化）レポート」

1、マカロニ全開でのみ話す

皆での珠練＝珠の強化コラボで、三回目に、ハイアーセルフの口が、透明な珠であることを意識しながらシェアしました。

自分の透明の珠を意識していると、珠が皆を透明化する愛の力を持っている感じがして、皆の珠が、中心に集まってくる感じがしました。

それが５Ｄ以上の共鳴につながっていく感じがしました。

この歓び、幸せ、嬉しさ、楽しさが、アセンションを創っていくんだと感じました。

２、基底から珠まで、じわじわと上げていく

ウルウルを超えたウルウル＝たまらんになりました。

周りの空間、自分のボディを、内側から浄化昇華していく感じがして、自分のボディが、透明な赤に変わっていきました。

自分が第一光線の柱そのものになっていく感じがしました。

３、珠をキープして、１０００Ｄ第一光線へ

観て、感じて、成る！！！　そして柱が立っている状態をキープすることを意識しながらやりました。

センターまで上げると、そこから先は、一瞬で第一光線の柱ができました。

しかし、ヤッター！！！　できたー！！！　と思ったら、中心も、ウルウルも、なくなっていました……！！！！！！

そこで、皆の珠と柱を感じると、自分の珠も中心に明確にあることが分かり、ウルウルも戻ってきました。

珠の強化、キープ＆ギネスがとても重要と感じました。

クリスタルの珠をしっかり強化して、根源のスシュムナーにつなげていきます。

あめのひかりさん

《マカロニと珠》

皆での珠練コラボは、「マカロニが極まると珠になる」とても新しい感覚と意識でした！！

みんなで、マカロニのシェアをやり続け、何周もやり続け、楽しかったり、嬉しかったり、どんどん、準備ができていく感じでした。

珠の実践で、「マカロニが極まると珠になる」と伺ったときに、地上セルフから波動を上げ続ける！！！！！　というのがどういうことか、やっとわかった感じがしました。

センターにある珠は、みんなのために、出したくて、出したくて、出し続けたくて、たまらなくって、絞り出すぐらい、出し続けて、つづけた先に、珠ら～ん！！！！！という爆発があって、それが珠なんだと感じました！！！

《第一光線》

「第一光線と一体化する」
「マグマも大事」
「ハートまで来たら、珠が消えないように！」

赤いエネルギーだからか、上から基底まで降りてくる神聖なエネルギーが、基底で、気愛を出しまくっているような、不思議な感覚でした。

六芒星の下向きの三角形が、本当に基底まで降りている感覚でした。

一瞬の油断から、真剣ではなく、深刻になりかけて、あやうくセンターがなくなりそうになり、そうか！！こういう一瞬の、1ミリの、一見まじめにやっているようなところから、マイナスのエネルギーが入ってくるのか！！と実感し、「客観的に見る」ということが重要とわかりました。

しっかりと強化してまいります！！！

＊＊＊＊＊＊＊

――そして！！！！！！！！！！！！

ここまでの動きのすべては（地球神のポータルの、謎の白鬚仙人様の夢のお告げ〈?〉もあり）、「日の本の元旦」を目指して、準備が進められてきたのです！！！！！！！！！！！！

『根源の岩戸の全開ＭＡＸ！！！』その公式始動！！！！！！！！！！！！それは、

二〇一七年二月十一日の建国記念日、日の本の元旦から、始まったのです！！！！

――この日は、まさにこの始動のワークショップを行っていました！！！！！！

そして、日の本のアセンション・ライトワーカーの愛と意志が、１０００Ｄに届き始めた時……！！

――本章でお伝えしましたように、根源の岩戸が開き……！！！！！！！！！！！！

まだすべての十パーセントくらいですが、根源のフォトンの滝が、地上に降りてきたのです！！！！！！！！！！！！！！！！！！！！！！！！！！！！！！！！！！！

――なぜ十パーセントなのかというと、地上のライトワーカーの意識のほとんどが、まだ、ハイアーセルフ主導であったからです。

すなわち、根源へ届く、1000Dの第一光線とは！！！！！！！！！！！！

（中今の、すべての高次のサポートにより！！！）

気愛のみで、できる！！！！！！！！！！！！！！

一〇〇〇年かかっても、地球と人類のアセンションをサポートする！！！

一〇〇〇年かかっても、根源へのアセンションをサポートする！！！！！

最後の一人になっても、それをやり抜く！！！！！！！！！！

という、愛と意志、のみ！！！！！！！！！！！

そのエネルギーそのものが、1000Dに届く、第一光線＝クンダリニーになるのだ、と。

――この事実は、史上最大にシンプルです！！！！！！！！

しかし、究極にシンプルであるがゆえに！！！！！！！！

本来、誰もが可能であると気づいたゆえに！！！！！！！！

地上のライトワーカー（のみならず、ハイアーセルフも！！！）の一人ひとりと全員にとって、その事実が、あまりに重大すぎて！！！！！！

そしてシンプルに、究極に、統合されて、集約されたエネルギー＝１０００Ｄ第一光線の、あまりの強さゆえに！！！！！！！！！！！

なんと全員が、ハイアーセルフも、地上セルフも、１０００％、気絶してしまったようでした！！！（笑）

いまだかつてないほどで、とても不思議なことに、《１０００Ｄ第一光線を確立する、究極にシンプルな、唯一最大の方法》についての、たった二十分たらずのガイダンスの間の時間と内容のみが！！！　ほぼ全員の記憶から消えていたのです……！！！！！！

これに近いことは何度かありましたが、ほぼ全員という、これほどのことは初めてでした。
(約半分でも覚えている人は、全体の十パーセントくらいでした)

そして、1000%の気絶！(笑)というのは、実は、1000%受け取っている、ということなのです。

(フルコンシャスの方が良いに決まっていますが)

ハイアーセルフも、地上セルフも、【あまりに重要だ！！！】【1000%受け取らなくては！！！】と思いすぎて、1000%の気絶となったのです……！！！(笑)

ゆえに、1000%受け取っているということで、潜在的に、1000%、すべてのライトワーカーへ、そのエネルギーが伝わったということなのです！！！！！！！！

このような場合は、その気絶がなおり、ハイアーセルフが受け取ったすべてが地上セルフに伝達されるまでに、約二〜三日かかっていたのですが、今回の場合は、なぜかギネスで早く、約一晩で全員のギアが1000%入りました！！！！！！！！

しかし！！！！！！！！！！！！！！

すべての真のアセンションも同様ですが、中今の、真の第一光線の本質としても！！！

地上セルフに、すべて統合する！！！！！！！！！！！！

地上にいる自分が、やる！！！！！！！！！！！！！

ということが、最も重要です。

ゆえに！！！！！！！！！！！！！！

この日の本の元旦からの、日の本のライトワーカーの、新・三種の神器は！！？

裸一貫、珠ひとつ、赤褌一丁

となったのです！！！！！！！！！？（笑）

すなわち、地上にいる自分と、根源とつながっている珠、そして赤褌（クンダリニー）のみで、1000Dの柱を創っていく、ということなのです。

それが自分維神であり、地球維神となる！！！！！！！！！！！！

それがまさに、絶対にゆるがない柱となり、真の根源へのアセンションとなるでしょう！！！！！！！！！！

それは今、始まっています！！！！！！！！！！！！！！！！！！！！！！！！！！

では最後に、「裸一貫、珠ひとつ、赤褌一丁！」の、日の本のライトワーカーの皆さんの実践レポートをお贈りします！！！！！！！

＊＊＊＊＊＊＊

Ｋｅｉさん

【裸一貫、珠ひとつ、赤褌一丁！！！】

現在、Ａｉ先生の依頼で、自分の学びとともに、皆の中今テーマの強化として、特に１０００Ｄ第一光線の強化、珠の強化の自主練をサポートしています。

皆で実践ワークを行ったところ、最初は生命エネルギーが少なく、静かすぎて、極端に言うと、お通夜のようでした！（笑）

まずは、神聖なクリスタル化と生命エネルギーが全開で出るまで、各自での準備となりました。

その上で、中今の１０００Ｄ第一光線とは！！？　どうやったら到達するのか！？　そのための珠の強化、基底の強化、そして地上セルフ＝地上にいる自分がやることが重要であるというガイダンスを行いました。

一回目のシェアリングでは、まだ皆の基底のパワーが、ほとんど起動していない状態でした。

フォーカスも曖昧な感じで、チャネリング的な状態の方もいらっしゃいました。

改めて、地上セルフの【裸一貫、珠ひとつ、赤褌一丁!!!】にフォーカスを絞り、一人ひとりが真にやりたいこと!!! そのパワーだけを基底に集中していきました!!!

すると、全体としても基底が起動し始め、真ん中くらいまで上がりました。

しかし、そこまでくると、これまでのクセで(!?)やはりハイアーセルフのチャネリングのような状態となり、中心のエネルギーが曖昧になり、上の方のエネルギーとなる。
センタリングが切れると、本源からの生命エネルギーが切れますので、地上セルフのスタミナも切れる……。

ゆえに、逆に、皆さんのハイアーセルフに地上セルフへ合わせてもらうと、再び基底のパワーが戻ってきました!!!

結果的に、全員がある程度の基底の発動と、【地上セルフに統合し、地上セルフがやる!!!】という意識が、浸透したように感じました!!!

個別では、Ｒさんからは、基底から赤褌のような（！？）地球維神のパワーが伝わってきました！！！

Ａさんと Ｈさんは、下のエネルギーセンター（チャクラ）は、スッキリしている感じで、真ん中から上を突き抜ける、等身大の赤褌パワー＝クンダリニーのパワーが必要だと感じます！！！

トータルの動きの客観的なサイエンス＝理解は、出来ている感じでした。

Ｔさんは、基底からの意志の発動を感じ、あとは、自分＝ハイアーセルフが、一番やりたいこと＝ミッションとの一体化が必要であると感じました！！！

Ｂさんと Ｋさんは、ハイアーセルフに頼らず、さらに赤褌＝地上セルフ、基底のパワーで勝負できる力が必要だと感じます。

Ｃさんは、【地上セルフに統合し、地上セルフがやる！！！】という意識が動き始めた感じで、Ｍさんは、基底のエネルギーに、初めて気づいた感じでした！！！

総評としては、どんな状況でも、自分と根源の核心＝一番やりたいこと！！！　願い！！！　想いにフォーカスし、それと一体化し、実践し続けることに尽きると思いました！！！！！！！

基底から、１０００D、根源に突き抜ける第一光線が、真に確立するまで！！！！！！！！！！！！！

そこからが、真のアセンション宇宙の始まりだと思いました！！！！！！！！！！！

まさとさん

「維神を始める！」

現在、自分の学びとともに、特に若手のライトワーカーの中今テーマの実践のコラボとサポートをさせていただいています。

二十代前後のメンバーが中心の、若手のライトワーカーの自主練のレポートをお贈りします。

１０００D第一光線の強化のために、地上セルフの強化、根源につながる珠の強化、赤褌=基底、クンダリニー、第一光線の強化を行っていきました。

裸一貫、珠ひとつ、褌一丁で、等身大の自分で、珠をしっかり忘れない状態で、赤褌のパワー＝第一光線を、自ら上げていく！！！

その実践をしていきましたが、前半はやはり、一朝一夕では上がらない感じでした。

シェアされている方々もそれは感じておられて、まずは「現状を知る」ということが大事だったと思います。

そしてさらに、「裸一貫、珠ひとつ、褌一丁」で、純粋に、スタンダードに第一光線を上げる、泥臭い実践を進めていったところ、中盤あたりで、基底が少し動きだした感じがしました。

自分自身のテーマでもありますが、本当に体感するまで、じっくりとやり、常にマカロニ＝珠でしゃべる！！！　をやらないと、絶対にできないと感じました。

終盤あたりで着地してきた感じでしたが、少しでもチャンネルっぽくなると、上にヒュ〜と、上がりがちだと感じました。

中今は、１０００D第一光線をやっていて、地上セルフは器であり、珠はしっかりある状態で！！！

ということを明確に認識した上で、「赤褌」（基底）のみに、フォーカスを五分間行った時が、一番グランディングし、基底が動き出した感じがしました！！！

総評としては、きれいごとではなく、むしろ泥臭く、自ら納得いくまで、とことんやること！！！　現状を知ること。そして、やり続けること！！！

そこから全てが始まると感じました！！！

「実践レポート」

自分の実践レポートです。

「中今の動きのトータルが何で、核心が何か、わかること！！！」という、Ａｉ先生のガイダンスを、Ｌｏｔｕｓ先生の勉強会でお聞きした時に、これが大事だと感じました！！！

中今、根源の１０００Ｄ第一光線の確立のために、裸一貫、珠ひとつ、赤褌一丁！！！　を、純粋にやっていく中で気づきがありました。

裸とは、本音の状態であり、完全に殻を脱いで、核心が開いている状態だと思いました。

そこから、赤褌に徹底フォーカスしていくと、「おきあがりこぼし」のように、基底に安定感が出てきました。

さらに、じっくり、じっくり、赤褌＝基底にフォーカスしていると、珠が、基底のパワーのギネス更新のために教えてくれる感じになってきました！！！

珠は！！！　まるで松岡修造さんのように！？　さらにその１０００倍くらいのパワーで！！？

「もっとできるだろーーーー！！！」

「赤褌魂もっとできるだろーーー！！！」

「底力、今ここ、この瞬間ーーーー！！！」

「きみならできるぞーーーー！！！」

と叫びました！！！！！！！！！！！！！！（笑）

そして力まずに、その調子でやっていきました。（笑）

そうすると、裸で、赤褌一丁のような状態で、ふと世界を観ている感じになりました。

２４時間のアセンション＆ライトワークとは、核そのものであり、全体であり、その状態で、エネルギーを出している状態だと感じてきました。

自分の基底を上げたいとかではなく、その結果、上がってくる！！！

常に言挙げをしている状態であり、言挙げをやっている状態だと思いました！！！

みんなのために！　そう思う時に、真の自分の力がＭＡＸに出るのだと感じてきました！！！！！

さらに、実践とＰＤＣＡを進めていきたいと思います！！！

真優さん

「１０００Ｄ第一光線の確立」

中今までの実践レポートです。

１０００Ｄ第一光線の確立のためには、地上セルフの気愛１０００％！！！

（根源とつながる珠ありき）

実践では、完全にまる裸＝地上セルフへの統合でやる！！！　愛の意志で、アセンションの柱になる！！！　を、やり続けました。

その結果、やればやるほど、根源とつながる核が強化される。

そして今生、アセンション＆ライトワークを、初めてやりたいと思った時の、自分の最初の思いにつながるのを感じました！！！

それを思い出した瞬間！！！　止まっている場合ではない！！！（今までは、思いで止まっていたことを実感……）

もう１つ実感したのは、エネルギーがより観えてくる感覚です！！！

そして、サイエンス＝客観的な理解、システムの構築等の重要性も実感……！！！

第一光線＝高次の男性性のエネルギーとは！！？

それは、【見守り続ける愛】＝自立・自信なんだと思いました！！！

自分でやってみて、なる！！！

（自分が実践すると、親子の実践コラボも進みました）

リアルに、皆で、親子で、実践コラボできる喜びを感じ、ワクワクしています！！！

体感で落とし込んで、サイエンスを進めていきます！！！

からすｗｗさん

「絶対にアセンションさせる！」

実践で感じたことをまとめてみます。

アセンションの柱になる！！！　そのために、珠と赤フンのみ！！！

１０００Ｄ第１光線を確立し、絶対に、絶対に、絶対に、絶対に、絶対に、地球と人類を、根源までアセンションさせる！！！！！！！！

そのために、地上から１０００Ｄ＝根源まで、基底＝赤フンで上げ続ける！！！！！！！！！

はじめは力が入ってしまうけれど、やればやるほど、みんなのための思いが強くなって、やればやるほど、力が抜けて、上がるスピードが速く、強くなっていく感覚があります！！！！！

このスピード感をキープして、ギネスし続けます！！！！

中今のアセンション＝ライトワークとは、すべてを根源につなげるための、一人ひとりと全体の進化成長であると感じました。

アセンション＝ライトワークを始めた当初は、維神の志士になりたい！　と思っていました。

今は、維神の志士を増やしたい！！！　と感じています。

日の本の元旦に、根源の岩戸が開いた時は、はっきり言って、ぺしゃんこになりました……！！！！

1000D第1光線をやり続けて臨みましたが、さらなるパワーが必要でした！！！！

そして、ぺしゃんこになりっぱなしではなく、本当に、絶対に、地球と人類の、根源へのアセンションを果たすため！！！！！！！

どんなに莫大でも、根源と高次の愛を降ろせるように、永遠のアセンションの柱になることが、真のアセンションの始まりであると思います！！！！！！！

今、ようやく、日の本の元旦のエネルギーを受け取ったからには、必ずなってみせます！！！！！！！

廣輝さん

「パワー全開で上げ続ける！」

オヤジのライトワーカーたちの自主練に参加した実践レポートをお贈りします。

第一光線を１０００Ｄへ向かって上げる！　第一光線の１０００Ｄの柱をより強くする！　このためのシェアとエネルギーワークを行いました。

最初は皆、なにやら「白〜い」感じでした。

しかし、地球と人類のアセンションに「命をかける」気持ち！　そして、「上と下をつなげて全開ＭＡＸ！！！」を行ったあたりから、空間が段々と赤くなってきました。

根源、中心の珠、基底、そして全体の第一光線。そこにフォーカスして、中心に居続ける。やればやるほど、リアルになり、一人で行っても、第一光線、１０００D第一光線そのものになっていくのを感じました。

「上からおろして全開ＭＡＸ！！！」「下からあげて全開ＭＡＸ！！！」

これをあわせて、「中心の珠を中心に、上下をあわせた全開ＭＡＸ！！！」

とてもパワフルなエネルギーワークとなり、自分の中心から日の本へ向けて出すと、上下からエネルギーがどんどん入ってきて、基底がブルブルして、覚醒してくる感じでした。

とにかく、何をやっても上げている、上がっている、１０００Dとその先へ！！！　その状態のキープ&更新が重要だと思いました！！！

引き続き、オヤジライトワーカーのパワー全開で！！！（笑）　上げ続けて参ります！！！

太平さん

「キープ＆ギネスおーーーー！！！」

オヤジライトワーカーの自主練の実践レポートです。

地上セルフが使えるのは、【赤褌と、珠と、地上Ｓ】のみ！！！！！！！

それのみで、必要に応じて、根源の珠の声を聴きながら、基底（赤褌）から、１０００Ｄの第一光線の柱を確立していく！！！！

始まりからしばらくは、皆さん、白または透明のエネルギーが強いようでした。

しかし、地球と人類のアセンションに命をかける気持ち全開ＭＡＸ！！！　のエネルギーワークから、全員の赤のエネルギーが動き始めたようでした。

そして中心の珠を各自が明確にイメージして、珠のエネルギーを中心から全開ＭＡＸで出すことで、グラウディングの赤のエネルギーも強化され、アセンションの柱のエネルギーとなってきた感じでした。

さらに、各自の想いをそれぞれが言挙げして、その感想のシェアリングで、赤い愛の中に珠がある、場の一体感ができました。

各自の１０００Ｄ第一光線、地球維神の言挙げが、１０００Ｄ第一光線のエネルギーのギネスだったと感じました。

裸一貫、赤褌、珠で、１０００Ｄ第一光線の確立、キープ＆ギネスするぞ、おーーーーーーー！！！！！

みなみさん

「赤フン」

１０００Ｄ第一光線の強化を、実践してみての気づきです。

赤フンをしめてみたら、「芯が太くなる」という感じがしました。

体の芯、中心でもあり、アセンションの柱ができるということの始まりだと思いました。

また、基底が強くなるという感じがしました。

更に、ＭＡＸで、これ以上ない！　さらにやりきるまで！　と思って、フォーカスを続けると、マラソンのゴールがまだまだ先の時のような感じになり、とにかくゴールまでひたすらに走る！！！　自分は走れる！！！　という気持ちを持って、走っている時のような気分になりました！！！

１０００Ｄ第一光線は、ちゃんとゴールがあって、果てしなくても、一歩ずつでも進むことが唯一であり、それのみである！　というのも感じました！！！

もはやエネルギーがどうこうではない。やるか、やらないかのみ！！！

自分で一歩ずつでも進む意志をもって、全開で進めていく！！！

そうすると体が熱くなり、エンジンがかかって、沸々と血沸き肉躍るという状態になり、一歩、また一歩と、記録が伸びていく感じでした！！！

まだまだ、基底でのパワーをためているところという感じですが、これを続けて、１０００Ｄまで届くアセンションの柱を、立てていきたいと思います！！！

さちさん

「命をかける！」

根源の1000Dの第一光線、アセンションの柱を確立する！！！

地上にいる自分にすべてを統合し、やる！！！

Ａｉ先生が、地球と人類のアセンションについて、十七歳の時に一晩中祈られたという、真に純粋な思いがどれほどのものか！！！

本当に中途半端な思いではないことを切実に感じます。

その域へはまだまだですが、地上の自分から、少しでもその思いと同じものにしたい！！！　そしてしなくては、根源の扉は開かないと感じます。

必死に、細胞全部にそれが染み入るように、やり続けるしかないと感じました。

地球と人類のアセンションに、命をかけるくらいの気持ち！！！　それが言葉だけにならないよう、どうやったら形にできるか！！！！！

今はとにかく、一瞬一瞬やり続けて、絶対に形にする！！！　前進する！！！　やるしかない！！！

それが本当に、根源の愛と地上をつなぐことであると思います！！！！！！！

感謝をしながら、やり続けます！！！！！

Ｒｙｏさん

「自主練レポート」

目的は、地上セルフからの、根源の１０００Ｄ第１光線の強化。そのために、地上セルフと珠と赤フンだけ！！！　で上げる！！！！！

まずは地上セルフが、赤フンと珠で、１０００Ｄ第１光線を立てる！！　というところから始めました！

皆さんのシェアは、それぞれ気愛、思い、やる気のシェアだったと感じました！

しかし、場としては、まだ暖まっていない感じでした！

まだ、地上セルフと、赤フンと珠だけで勝負する！！！　という、落とし込みが足りていないような感じがしました！！！

その時に、Ａｉ先生の実践ワークショップで、地上セルフが殻を全部脱ぎ捨て、本当に自分の珠と、赤褌だけでやるということを感じた人からのシェアリングがありました。

そのシェアを皆が聞いて、場が暖まってきた感じでした！！！

一人ひとりが、本当に自分の殻を脱ぎ捨て、地上セルフと、赤褌と、珠だけでやるというエネルギーを、感じ始めたように思います！！

本当にここらがスタートで、絶対にあきらめない！！！　後までやる！！！　自分一人でもやる！！！

という、愛の意志、全開ＭＡＸのキープ＆ギネスあるのみと思いました！！！！！！

みちるさん

「中今実践状況」

中今実践状況をお贈りいたします。

日の本の元旦のＡｉ先生のワークショップに参加させていただき、そして、日の本のライトワーカーの皆さまと、ガチの（笑）！！！　愛のコラボをさせていただき！！！

不要なものを、全部、脱ぎ捨てるしかない！！！　と、やっと気づくに至りました！！！

そのためには、まず、

◎いったん、チャンネルを切る！！！

常にハイアーセルフのチャネリング（？）のような感じで、どれがチャンネルなのか、そうでないかが、不明確になっている！！！

ゆえに、基底（＆丹田）のみにフォーカスし、中心を確立した上で透明にし、体＝地上セルフのみの感覚をつかむまで、マグマに専念する！！！

次に、

◎過剰なポータル力を切り、基底＆丹田に集中！！！

無意識なポータル力（いろんなエネルギーを入れてしまう）の過剰さを自覚し、基礎力づくりに専念する！！！

そして、

◎ハートのウルウルだけに逃げない！！！

自分だけのウルウルを卒業！　本当の愛をやりたければ、まずは自分のハートを無防備にしない。中心をお留守にしない！

みんなのアセンションのための、高次の男性性＝第一光線を確立することが先！！！

以上が、中今までの皆とのワークショップと、実践で、重要だと思ったことです。

信じられないくらい、グラウディングするぞーーーー！！！！！！！！！！

丸裸、珠、赤褌のみの、ど根性！！！！！

まず、一人でしっかり立つ！！！！！！！！！！！！！！！！！！！！

季恵ちゃん（十歳）

「赤いムキムキ実践レポート」

１０００Ｄ第一光線の実践をしたら、私は、赤いムキムキになった！！！

赤ふん（基底）は、マグマの発生するところで、珠は、根源&ハイアーセルフのポータル。

三つの燃料（地上にいる自分がやる、珠、赤ふん）が、しっかりしてないとダメ！！！

燃料を基底で燃やしたら、赤いマグマがブクブクーーーー！！！！！

根源まで燃やし続けたら、根源まで突き抜ける！！！

１０００Dの、第一光線の、美しい赤のエネルギーが、ギューッと縮まって、珠になって、アセンションの柱を降りてきた。

地上セルフの珠を通って、エネルギーがはじけて、地球が真っ赤になった！！！

ポータルになったぞ！！！　と思った！！！　うれしかった！！！

寄稿

たまらん全開MAX!!! Lotus

皆さん、こんにちは! Lotusです!!!

今回も、体を張って(笑)!? 自己の体験をお伝えさせていただきます!!!

それが皆さまのアセンションのために、少しでも役立てば、とてもうれしいです!!!

私自身、この一年の体験は、とても特別なものとなりました。

その中で、最も重要であると思ったひとつは、

『自分の核心=珠を、絶対に無くさないこと!!!』

です!!!!!!!!!

それが、地上セルフの中心に、根源とつながる核が確立されることであり、自分の宇宙史の始まりからの、『一番大事なもの』！！！

そして、根源へのアセンションの始まりで、終わりにつながると思うからです！！！

そのためには、ゆるぎない意志と愛、その思いと気持ちの強さが重要であり、これは、誰にでもあるものだと思います。

ゆえに、根源へのアセンションとは、誰もができる可能性があると思います！！！

これまでにもお伝えしていますが、私は本当に皆さんと変わりはありません。

それどころか、いわゆる「ヘタレ」という部類に入るくらいではないかと思います！？（笑）

（静電気もこわいし、雷もこわいし、クマも……！？〈笑〉）

ゆえに、逆に、皆の等身大のひな形になるのではないかと思います（笑）。

Ａｉ先生のもと、アセンションの学びとライトワークを進めながら、私の珠は常に、「弁当を忘れても、核心を、絶対に、絶対に、ぜったーーーーいに、無くすな！」と言っています！！！

《核》

皆さんも、重要な動きの時ほど、ハイアーセルフが自動的に降りてきて、サポートをしてくれることが多いと思います。

ある日のＡｉ先生のセミナーで、当日は絶好調だったのですが、翌日になると、なぜか一変して、やはりハイアーセルフがお帰りになったのか（！？？）どうも朝から調子が出ません……！！！

移動中の車の中でも、何をやってもだめで、どうにもセンタリングができないのです……！！！

……そしてとうとうＡｉ先生が、〈顔がこわいよ！〈笑〉〉「笑ってごらん！」と私に言いました。

すると……この状況で笑うなんて、そんなことは不可能だと思ったのですが、やってみたら、できたのです！！！！！！！

……世にも不気味な笑いが……（笑）！！！！！！！！！！！！！！

〈A・i先生いわく、死にかけたカエルのような！？　世にも不気味な笑いだったとのことですが〈笑〉！

その後、通称、「ケロ笑い」と命名されました！〈笑〉

最近、「笑い」が免疫力を高めて、健康に効果があるという研究報告が多々あります。

お腹の底から笑うのはもちろん、作り笑顔であっても、免疫力アップに効果があると言われています。

その、世にも不気味なケロ笑いは……！！？　絶対に不可能な状況に思えましたが、やってみたらできたのです！！！

そして、絶対絶命の状況にこそ、その「ケロ笑い」が、効果があることに気づいたのです……！！

〈その後さらに発展〈進化！？〉して、どんな状況でも大爆笑できるという〈！？〉イタチ笑い〈！？〉もマスターしたのです！！！〉

究極の、絶体絶命の時に！！！　とにかくなんでもいいから、顔だけでも笑ってみる！！！

そうすると、なんと不思議なのでしょう！！！　それまでに自分にとりついていたような（！？）何か重いエネルギーが、初めて、取れてきたのです！！！

そして……Ａｉ先生によると、超面白い顔だったとのことで！！！　Ａｉ先生も笑い、場のエネルギーが一気に明るくなりました！！！

そうすると、いよいよ、次のギアを入れる段階に進むことができます！！！

核心のテーマの《核心》へ！！！

そしてＡｉ先生は、私に、「Ｌｏｔｕｓさんの核って何？」と質問されました。

――その時に、私の何かが……中心の核のスイッチが、起動したような感じがしました！！！！！！

そして私はなぜか、「Ａｉ先生です」と答えてしまっていました……！！！

Ａｉ先生は、その時に、少しびっくりされたようですが、その瞬間、もっとびっくりすることが起こったのです！！！！！！！！！

――その瞬間の、地上セルフの記憶がなくなっているようでもあり、自分の《核》に、明確に刻みこまれている感じでもありました！！！

とにかく、その瞬間に、言葉では言い表せないですが、Ａｉ先生の《核》と、ひとつになったとしか言いようがありませんでした！！！

Ａｉ先生もびっくりされていました（＊その時の詳しい解説は、本書の第二章を参照ください）。

核とは……究極に、根源につながっているから、《核》なのだと感じました……！！！！！

《本音の本音の本音！》

皆さんは、いつも、本音で生きていますか！？

現代社会では、いつも本音だけでは生きられない！　そう思っている人も多いと思います。

しかし、「本音」というのは、とても大切なものだと思いますし、皆さんもそう思っておられると思います。

そして、いつも「建前」ばかりで生きていると、もしかすると、「本音」がわからなくなってしまうかもしれません！！！

ハートよりも頭脳が優先されると言える現代社会の中で、じつは私も、そうではないかと感じることが多々ありました。

頭で考えてばかりだと、だんだん、心で、本音で、しゃべれなくなってしまうのです！！！

また、現代社会の中では、腹を割って、心から、本音でしゃべれる関係性というのも、少なくなってきていると言われます。

ーーそしてある日……。Ａｉ先生から、「Ｌｏｔｕｓさんの、本音の本音の本音は何！？」と、聞かれました。

そして、私は何度か答えましたが、何回答えても、Ａｉ先生は、「それはまだ頭で考えている」とおっしゃいました……。

そして、「一切の既成概念を、いったん捨てて、中今、本当に、本当に、本当に、やりたいこととは！？」

（常識とか、いったん捨てて！！！）

と、言われました！！！！！！！！！！！！！！！！

その時に、私の魂から！！？　ほとばしり出てきたのは、「Ａｉ先生と愛しあいたい！」でした！！！

（ヘンな意味ではありません、念のため！）

するとＡｉ先生は、ニコニコ顔になって、「それが、全生命の普遍の共通よね！！！」とおっしゃいました！！！

「誰と、が重要なのではなく、まずは《目の前にいる人と》が重要！！！」だと！！！！！！！！！

その時に、本当にＡｉ先生のハートと魂と、ひとつになって、愛しあっているのを感じました！！！

これは誰にでも大事なことだと思いますので、これを一人でも多くの人に、体験していただきたいと思いました。

それが、私のアセンション・ライトワークの原動力のひとつでもあります。

一人でも多くの人に、幸せになってほしい！　その根本が、真のアセンションにあるということを！！！

《一番大事》

……私が、しょっちゅう繰り返す失敗があります。多ければ、一日に一度やらかすくらいです！！！（汗）

それは、本当の「一番大事」を、すぐに忘れるということです。

Ａｉ先生は、すぐに忘れる「一番大事」は、「一番大事」じゃないんじゃない！？（笑）と、おっしゃいます……。

それはやはり、現代社会に蔓延している、「脳みそばかりで考える病」の影響であると思います。そして、時々、「自己中病」……。

自分が、宇宙で一番大事と思っていること。それが最もやりたいことで、ワクワクで、幸せで、ウルウルで、自分のミッション！！！

それなのに、ふとしたことで、真剣ではなく、深刻病になり（！？）あれをやらなきゃ、これをやらなきゃ、あれができていない、これもできていない、あげくの果てに、人が自分よりもできている！！！　という感じで……！！！

「一番大事！？」が、日替わり定食に！！！！！！！！！

――それでもＡｉ先生は、辛抱強く、聞いてくださるのです。

「あなたの一番大事は何？　それを忘れないで！！！」と！！！！！！！！！！

もう、二度と、忘れません！！！！！！！！！！！！！！！！！！！！！！！！！

《たまらん全開ＭＡＸ！！！》

センター＝中心の強化、第一光線の強化を続けていた十二月の上旬に、Ａｉ先生と飛行機で移動する機会がありました。

ふだんは、移動の時は本を読んだり、仮眠を取ったりするのですが、なぜかこの時、離陸した瞬間に！！！

自分の中心から、明確な声が聴こえてきたのです！！！！！！！！！！！！！！！！！

それは、自分の究極のハイアーセルフ＝御神体であると感じました。

自分の魂の中心の珠から、聴こえてくると感じました。

珠は、「(空を飛んでいるこの3時間の間に) 私＝御神体がいるところ＝中心の珠まで、地上セルフの波動＝意識を上げてほしい！！！」と言いました！！！

あまりにも明確に、その声が響いてきたので、離陸した瞬間から、それを開始してみました！！！

最初の三分くらいは、やっているつもりが、頭で考えて、頭に力が入っていることに気づきました。

「本当にやる！　実践するということは、純粋に、エネルギーでやり続けることだ！　ひたすら、基底から、赤い第一光線をイメージして、上げて！！！」

という声が、また聴こえたので、それを続けました。

三十分くらい、ずっと集中してやっていると、センター＝中心に近い所まで、第一光線が上がってきて、何か、中心に反応がありました。

その時、中今の珠が、「中今の中心は、もう少し、もう少し上だよ！」と話すので、これまで中心と感じていた胸腺のあたりより、数ミリ、上に上げてみました。

その時、中心がジワジワッと、温かくなる感覚がしました。

さらに珠が、「その位置をキープし続けて！！！」と言うので、その位置まで上げることを数分続けると、ジワジワと温かい感覚が、さらに強くなりました！！！

そして、珠がさらに、「もっと！！！　もっと、感覚を強くして！！！　ギネス更新し続けて！！！」と言うので、センターの意識を強くしていくと……！！！

――とうとう、Ａｉ先生の核と共鳴する感覚がしました！！！！！！！！！！

「Ａｉ先生の核とつながっている！！！！！」自力では初めての体験でした！！！

さらにギネス更新すると、中心から、ウルウルの感覚が広がってきました……！！！！！！！！！！！

残りの二時間は、ひたすら無心で、そのギネス更新を続けました。

飛行機が着陸するまで……。その時の自分と中心は、もはやウルウルも通り越していました！！！！！！！！！！！

《たまらん〜〜〜〜〜〜！！！！！！！！》

としか、言いようがなく、その莫大な洪水と、大爆発という感じでした！！！！！！！！！！！！！

Ａｉ先生は、この状態をキープ＆ギネスすることが重要だとおっしゃいました！！！！！！！！！！！

その後の重要な動きについては、本書の第三章に詳しく書かれていますので、ご参照くださいい！！！！！！！

《ハダム・ウリモン》

アカデミーの多くのメンバーに共通しているひとつは、通称、「ナイナイ」と呼ばれています……。

〈知識もナイ、スキルもナイ……！？〈笑〉〉

それがよいわけではありませんが、しかし、それゆえに、純粋でもあるとＡｉ先生はおっしゃいます。

脳みそばかりにならない、その純粋さが重要で、子供のような魂が重要で、そこに少しずつ、真の英知を身につけていけばよいのだと！！！！

それが、アダム・カドモンならぬ、ハダム・ウリモンになるかもしれないと！！！

すなわち、真のアセンションとは、まずは「本来の純粋な姿」に戻ることである、と！！！

知識は、ハイアーセルフからのメッセージを翻訳できる最低限のものがあれば十分で、ハイアーセルフとの一体化がしっかりとできれば、アセンションに必要なことは、すべての高次がアカシックで教えてくれると！！！

そして、そのエネルギーのポータルとなるのが、純粋なハートと、魂である、と！！！

《白髭仙人の夢のお告げ》

二〇一七年の元旦に、突然、地球神のポータルである、謎の白髭仙人様の夢のお告げ（！？）を思い出しました！！！

それは、七年前のことで、「宇宙に根源は、たったひとつ！　たったひとつなり！！！　ゆえに、根源のポータルもたったひとつ、愛なり！！！　それを、絶対に！　絶対に！　忘れることなかれ！！！」という言霊でした！！！

これまでの中でたった一度、仙人様の、本音の本音の本音、核心からの声をお聞きしたように感じました。

後にも先にも、たった一度の超重要なメッセージで、自分の核心でしっかりと受け取りました。

《根源の核》

これまでの数年、ついうっかりと、「一番大事」が日替わり定食になりかけると、Ａｉ先生は、いつも、《根源の核》を、思い出させてくださいました！！！

一見、どのように重要と思われることがあっても、Ａｉ先生は、一貫して、

「あなたの一番大事＝核が大事！！！」

「何よりも、まずは核を確立（核立）してください！！！」

と、常に言われました。

「あなたの核は、すべての核、根源の核につながります。そのマルテンには、すべてが入ることができますが、その逆にはなりません！」と！！！

――そして、ようやく最近、その意味がわかってきた感じです！！！！！！！！！！

一人ひとりと宇宙の根源＝核心とつながることでしか、根源のゲイトは、決して開かないと思います！！！！！！

真の根源へのアセンション・プロジェクトが、今、一人ひとりと全体に、始まろうとしていると感じます！！！！！！

ぜひ皆さんも、自分の「一番大事」＝核を、しっかりと核立して、幸せになってください！！！！！！！！

自分＝ハイアーセルフが、一番やりたいこと、生まれてきた目的が、明確になるでしょう！！！！！！！！

素晴らしいアセンションと、ライトワークになっていくでしょう！！！！！！！！！！！

皆さんとのアセンション・ライトワークを、楽しみにしています！！！！！！！！！！！

資料

オステオパシー

私が「オステオパシー」という言葉を初めて聞いたのは、一見、とても偶然の出来事からでした。たまたま巻き爪になり、近くで治療院を探したことからです。

そこは、整体院でした。私は整体について、これまではまったく関心がありませんでした。何度かそれらしいものは受けたことがありましたし、中国の北京でも、伝統的な北京式という整体を、たまたま観光に行った時に受けたことがありますが、その時は体が軽くなったような感じがしても、必ず次の日に、あちこち痛くなったりしました。

マッサージ等を受けても、いわゆる揉み返しというのか、逆に後から具合が悪くなることが多く、自分には、そういうものは合わないと思っていました。

そして、いわゆる整体というものは、バキッ！　とか、ポキッ！　という痛いイメージがありました。

さらに言うと、整体、整骨院、骨接ぎ（？）の区別がつかず、基本的に、交通事故などの後遺症のリハビリや、お年寄りのみが行かれるところだと思っていました。

実際、多くの人が、今でもそう思っているのではないかと思います。

（私もその一人でしたから！）

カイロプラクティックというものも、よくわからないと思っていました。

——しかし、たまたま巻き爪の治療で訪れた整体院の、メインテーマは「血液循環整体」と書かれていました。

血液循環整体って、何！！？　よくわかりませんでしたが、これまでは接骨院（！？）との区別がつかなかったので、何やら体に良さそうだと思いました！！！

資料を観ると、やはり万病のもとは、血液の循環である等と書かれていました。たしかにその通りだと思い、私は初めて、関心を持ちました。

体質的に、陰陽五行で言うと陰が強く、デトックス能力は高い感じですが、子供の頃から冷え性で、肩こりだったからです。

また最近、セミナーなどで長時間立ちっぱなしだったり、長時間のデスクワーク等では、それほど深刻ではないとはいえ腰の負担も少しずつ増えている感じでもありました。

オステオパシーのメインテーマとは、自己治癒力のアップであると言われていることを後ほど知ることになるのですが、私も、人体とは、本来自然の一部であり、自然が自然。

本来、健康であることが自然であると思っていました。

ゆえに、できるだけオーガニックな生活をし、自己免疫力をアップするようにしてきました。

そして、古来より「病は気から」というように、すべての源は、意識であると思っていました。

それは正しいと思うのですが、しかし、長時間のデスクワークや、長時間の乗り物での移動等、現代社会の様々なストレスの中では、自然の治癒力だけでは、体のメンテナンスは足りないとも思うようになってきました。

そのような時に、一見、たまたま偶然に訪れた整体院でしたから、せっかくですから一度、整体を体験してみることにしました!!!

そこで出会ったのが、深谷先生というオステオパシーの専門家の方でした!!!

どのようなことをするのか、さっぱりわかりませんでしたか、最初の問診は、一時間くらいかかったような気がする、詳しいものでした。

そして治療が始まりましたが、バキ! も、ポキ! も、いっさいなく、全体的に、一見、ソフトな、柔軟体操のような感じに観えました！！！！！

――そして、だんだん、だんだん、ものすごい成果となっていったのです！！！！！！

まず驚いたのが、私は姿勢が良すぎて（！？）背骨が逆にＳ字に反っている感じだったのですが、たった一回の整体で、まっすぐになったのです。

一回の整体で、元に戻らなくなりました！！！

本当に驚くことは、それだけではありませんでした！！！！！！！

ちょうどその頃、宇宙と地球の軸が、どんどんゆがんでいくことを感じていました。

多くの人も、じつは同様なのではないかと思うのですが、自分が感じる軸のゆがみもそれと連動していると、ずっと感じていました。

実際に、大きな地殻変動の前には、特に顕著となっていたのです……！！

……しかし！！！！！！

表現するのは難しいのですが、本当に驚いたことは、宇宙と地球の軸のゆがみと、自分が連動しているならば、連動している状態で、軸を調整した時に、すべての軸と連動して、すべての軸が調整されていく感じがすることなのです……！！！！！！！！！！！！

そして、それは実際に、整体が進むほど、顕著になっていきました……！！！！！

数回の整体で、日に日に悪化していた腰の調子も、まるで何もなかったかのように良くなりました！！！

そして、日に日に、ますます、すべてが連動していきました！！！！！！！

本書でお伝えしているような、動きのすべてがです。

日に日に、骨＝軸の調整も進み、スシュムナー、クンダリニーのエネルギーの通りも、どんどんよくなっていきました！！！！！！！！

とても成果が大きいので、アカデミーの地球と自分の体の健康の研究会でご紹介したところ、アセンション・ライトワーカーたちの反響が大きく、感想をたくさんいただきました。

〈深谷先生はとても親切な方で、全国のアカデミーのメンバーの、アセンション・ライトワーカーたちからの問い合わせに快く応えてくださって、各地のお知り合いの先生〈深谷先生は、人間性（人格）をとても重要視されています！〉や、北海道から沖縄まで、各地でピンとくるオステオパシーの先生も、調べて紹介してくださいました〉。

ここでは、深谷先生の整体を体験された方からの感想をお贈りいたします。

＊＊＊＊＊＊＊

Nさんより

人生ほぼ初の整体にいってまいりました！！！

ゆえに、専門的なことはよく知らず、感想をシェアしますが、何か皆さまの参考になれば幸いです。

施術の前に、目的、目標のようなものを聞かれたので、つい、

「この身体がこの地球の宇宙の一部としてつながっているのであれば、0.1ミリでもいいから、何かお役に立てないかと思っています」

……と、こみ上げてくるものをこらえながら言った時（変な人と思われないよう、しっかりとこらえました！〈笑〉）、深谷先生の目が、深ーーいものを湛え、あきらかに変わったのがわかりました！！！

そこからコラボがはじまったように感じました！！！

なぜか、「海の中にいるみたい！！！」と感じました。

そして深谷先生が、施術をしながら、「ぼくは地球を助けたいって、ずっと思っています」とおっしゃった時、「同じですね！」と私は答えました。

どんどん力は抜け、身体はゆるみ、ほどけていく……

そして急に意識が高まり、自然と、地球とのコラボを体験させていただいたと感じました！！！

本当に感無量でした！！！！！

施術後は、丸1日くらい、細胞（！？）ヘモグロビン（！？）が賑やかで、身体全体が、熱を放っているようでした！！！

肉体はまちがいなく活性化していると感じ、人生の友でもあると思っていた腰痛も、治るかもと感じています。

深谷先生は、目の前の人を癒すことの先にあるビジョンが明確で、信念と心を持ちながら、色々な経験を経て、この仕事を選択して生きていて、それが懐の大きさ＝愛の大きさにつながっているのが感じられる方でした。

ちなみに2回目は、ブッダと、ルーティン＝自然体についてのお話をしていただきました。なんだか中今のアセンション・ライトワークと連動したお話を自然にしながら、施術していただき、コラボさせていただきました。

（自分でできる簡単な体操も教えていただきました）

血液が気持ちよさそうにサラサラと血管を流れていくのがわかり、こうやって、すべてつながり循環していくのだと感じ、なんだか、すごく、うれしくなりました！！！

これを機会にオステオパシーについても調べてみようと思います。

アセンション・ライトワークのために、本当に、お役に立てるよう、身体のメンテナンスもしっかりとしていこうと思います！！！！！

Kさんより

最初は詳しく問診をして下さいました。

私の場合、内臓も筋肉も硬くなっているらしく、すごくソフトな感じで施術していただきました。

内臓も、筋肉も、骨も、みんなが繋がっていて、一つひとつが影響を与えあっているんだなあと思いました。

トータルで、ゆがみを直していく感じがしました。

揉む感じでもなく、骨をポキポキするでもなく、本当に柔らかく体が開いて、リラックスしていくようでした。

深谷先生は、肉体は魂の神殿であると言われていました。

最後に簡単な体操も教えて頂きました。

これからは、体のメンテナンスも、とても大切だと思っています。

本来の目的が果たせるように、大切に扱っていきたいと思っています。

Aさんより

はじめに、深谷先生から、整体を受ける目的、健康への目標を聞かれました。

私は、「世のため、人のために、地球のために、お役に立てることをしたい。そのためにも、いつも明るく、元気で、心豊かでいたい」と、お答えしました。

すると、深谷先生は、「今よりもっと健康で、自分が、よりよくなったり、よい状態を保って、周りにもよい状態を、どんどん広げられたらよいですね！」と、とても自然体で、お話をしてくださいました。

その後、「予防医学」のお話も交えながら、とても丁寧に、施術をしてくださいました。

私は、全細胞が活気にあふれ、血液も大喜びで流れているのを感じながら、全身が、熱くなっていくのを体感しました！！！

深谷先生は、「今の状態より、体がよりよくなると、人間の器も広がっていくんですよ。僕も、健康だけど、僕の先生の施術を受けに行くと、心に余裕ができて、さらに、世界が広がっていくように感じます」

とおっしゃいました。

最後に、深谷先生の「皆さんの毎日が笑顔で充実し、皆さんが、本当にしたいことを実現できるように、全力でサポートしたいんです！！！」

とのお言葉に、感動しました！！！

約四十分ほどの施術でしたが、とても気持ちがよくて、「全細胞すべてが愛になる！！！」という感覚でした！！！

次の施術が、もう待ち遠しいです！！！

Hさんより

足が冷えたり、張りやむくみが出やすいのと、四十肩が治った後の、肩の可動域も広げたいと思って、整体に伺いました。

丁寧にヒアリングをして下さり、過去に体育館ですべって尾骨を打っていたことや、以前に故障した箇所など、小さなことまで思いだし、その時のエネルギーを統合しているような感覚になりました。

私の場合は、まず内臓の調整が必要とのことで、初回はそれをメインでやっていただきましたが、ソフトでとても気持ちがよく、後半、足の方へとエネルギーが流れ始め、頭部に触れている時には、頭頂から足まで、さぁ〜っと一気に流れて通りました！

体が、温かい液体に満ちているようで、その外側から何か別の液体が注入されているような感覚もあり、高次のサポートを感じていました。

そして、全身がやわらか～くなって、帰り道はしなるように歩いている自分に驚きでした。

今まで自分の体を労わることをあまりしてこなかったのですが、今回の施術により、地上セルフが、アセンション・プロジェクトに全力で参加する決意にもなったように思います。

自分の体は、地球であり、宇宙でもあると思って、本来の健康な状態にしていきます！　体温も上がりました！

Eさんより

問診と体の歪みチェックなどを、とても丁寧にしてくださり、背骨が硬く、右肋骨の硬さ、肝臓と腎臓の硬さなど調整してくださいました。

施術が始まってから最後まで、涙が止まりませんでした。

途中から、エネルギーが足の方に流れ、足元から温かくなるのを感じました。

私は看護師で、これまでも整体を受けた経験はあるのですが、深谷先生の手の温もりがとても心地よく、なんとも言えないこの感覚は初めてでした。

鎧のような（？）不要なものが剥がれていく感覚！！！　終わってからしばらく、呆然としていました。

Mさんより

体をチェックしていただくと、背骨の歪みは、「腎臓」「心臓」からの負担であるといわれました。

以前、感情・思考と体のつながりにフォーカスしたヒーリングなどを受けた経験もありますか、深谷先生は、「感情は、水のように、思考は、電気のように感じることがあります」とおっしゃっていました。

「今回の目的は！？」という質問に、「生れてきた目的を果たす」と答えましたが、その時、ハイアーセルフが明確に下りてきて、一体となるのを感じました。

施術中に、深谷先生は「僕もよい施術を受けて、体が整ってくるのと連動して、より（目的を達成するための）良い環境（人との出会い→仕事のレベルアップ）になってきましたね～」と、おっしゃっていました。

施術はとてもソフトで、体という宇宙が調和するように全身が波打つイメージがし、施術している部位に関わらず、脳がとろけていく感じでした。

全体で一つとして機能する（響く）ことが弱まっていた脳と全身が、そのつながりを思い出していくようで、それは超リラックスの快感でした。

途中、宇宙をうっすら感じました。

施術後の帰りは、心地よいエネルギー体に包まれている感じで、歩く感じもフワフワでした。

胸・背骨の稼働を良くするため、深呼吸を心がけるように。猫背矯正に、ヨガのポーズをするといい、とのアドバイスをいただきました。

自分を整えることは、自分という小宇宙を、全体で一つの調和した状態にすることで、それがマクロ宇宙を調和したワンネスにすることにつながる、と改めて感じました。

Tさんより

私はふだん、ヨガも学んでいるのですが、初めに左右のバランスを観ていただいた時に、左の方が硬くなっており、右の方が痛んでいるようでした。

施術では、先生の言われるとおりに力を抜いて、調整をしてもらっている時に、5つほどある首の真ん中の関節が左に少しずれていたのが、カチッとはまるビジョンが観えたのが印象に残りました。

特に施術でエネルギーの動きを感じたのは、胸のところで、中心から全体へとエネルギーが拡がり、後頭部のところでは、足の裏までエネルギーが流れていきました！

施術はとても気持ちがよく、体が楽になっていることが体感として分かりました。

施術が終わって、先生が初めと同じように膝を曲げたり、腕をあげてくださいましたが、腕が軽くなって症状が改善していました！

その日、施術が終わってからずっと体が温かい感じがしていましたが、夜、横になった時に、全身の細胞の力がすべて抜けて、心地よい脱力感があり、これがヨガのシャバアーサナの目指している状態であると感じ、先生の施術にとても驚きました！！！

ヨガでは、すべてのアーサナ（ポーズ）をした後に、全身の力を抜いて横になるシャバアーサナをしますが、このポーズが実は一番難しいとされています。

施術では、骨の歪みを調整し、生命エネルギーを流していただくことで、不要なエネルギーを取り除き、自然治癒力を高めていただいているのを感じました！

施術していただいてから数日が経過していますが、センタリングやグラウディングがしやすくなり、喉のエネルギーの通りもとてもよくなり、後頭部や腰の痛みもかなり楽になりました。

施術していただいた内容のポイントを思い出しながら、自己調整をしつつ、次回の施術日を楽しみにしていました。

二回めは、全身にエネルギーを流すなどの施術をしていただきましたが、リンパの波を全身に起こす施術をしていただいたところ、腰のところが防波堤のようになって上半身に流れず、それが腰痛の原因ともなっているとのことでした！

その解消の施術をしていただきましたが、しばらくすると腰の辺りにマグマだまりのような温かいエネルギーの塊ができ、それが全身へと拡がりながら、胸の中心から、２０センチぐらいの白ピンク色の花が開いているような感じがし、暖かいエネルギーのように感じられました。

施術中は基底からセンターまでの第一光線の柱が立っているようで、エネルギーの通りがよくなったように思います！

また、多くの人がＰＣやスマホを長時間使うようになり、電磁波の影響で体がこわばって硬くなっているとのことで、電磁波を体外に排出する方法を教えていただきました。

＊＊＊＊＊＊＊

では、巻末に、深谷先生からいただいた「オステオパシー」の資料をお贈りいたします。

（近々、アセンション・アカデミーでも、地球と体の健康の研究会の外部講師として、「オステオパシー」

についての講義をしていただく予定となっています！！！）

私もまだ「オステオパシー」というものについて知ったばかりで、探求はまだまだこれからですが、少しでも知れば知るほど、自然界のように、宇宙のように、無限である感じがします！！！！！！！！！

施術者の、神聖な宇宙、地球のポータルとしての力（！！？）が、とても重要なのではないかと思うのですが、その効果、連動、アセンション・ライトワークとのコラボが、とても大きく、スシュムナーの調整にも、とても重要だと思いましたので、皆さまのアセンション・ライトワークにも役立てば幸いです！！！！！！！！！！

「オステオパシーの資料」　深谷先生より

オステオパシー治療室＊ｉｎｉｐｉ（イニピ）の施術者、深谷直斗と申します。

あなたの身体に現れている症状とは、身体が何とかして健康に戻ろうとしている状態です。

しかし、度重なるストレスにより様々な問題が形成され、身体自身の力では治らなくなったものが、慢性化した症状です。

オステオパシーは、綿密な解剖学と生理学の知識に基づいた施術を行い、生命力をブロックしている原因を取り除き、自然治癒力を最大限に発揮し、身体に治癒をもたらすことを目的とした療法です。

オステオパス（オステオパシーを実践する者）は、身体に対する詳しい知識を身につけ、高感度のセンサーのように手の感覚を研ぎ澄まし、優しくソフトに身体の中のあらゆる器官にアプローチしてゆきます。

これにより、筋骨格系、脳、神経系、脈管系、消化器系など、あらゆる器官を触診し、解剖学的に正しい方向に調整することで、それに繋がる、内分泌系、免疫系、自律神経系、代謝系などの生理学的な反射を起こし、円滑に身体に響き渡るようにコーディネートをとってゆくのです。

例えるなら調律師が楽器の弦を調整することで、楽器は美しい和音を響かせるようになります。オステオパスは身体の調律師のようなものです。

また、オステオパシーは、人は身体（body）、心（mind）、精神（spirit）により生きている、という考えを持っています。施術も、身体だけでなく、心理的、精神的側面からも施します。

オステオパシーの治療を行う中で、医師から「治らない」と言われた症例が改善し、様々な医療機関をめぐってこられた患者さんを助ける事は多々あります。

ご縁を戴いた方の、お悩みを解消し、幸せに近づけることができれば、わたしにとってこの上ない喜びです。

オステオパシーとは？

オステオパシーは１８７４年に、アンドリュー・テイラー・スティルというアメリカ人医師により発見された自然医学です。

オステオパシーの最大の特徴は、身体を一つの繋がりあったシステムとしてとらえていることです。身体の様々な器官が別々に働いているのではなく、全体として調和を取りながらお互いに協調し合って働いていると考えています。

したがって、症状が出ている場合でも、その場所に原因があるとは考えません。

解剖学、生理学に基づき、綿密な検査を行いながら、症状を発生させている根本的な原因を探し出し、多様なテクニックの中から最適な施術を行い、自然治癒力を高める療法です。

また、オステオパシーは解剖学、生理学、病理学などの基礎医学をベースとした手技療法です。アメリカ合衆国はオステオパシーの医学的根拠と国民の健康への貢献度を認めD．O（ドクター・オステオパシー）と呼ばれる医師免許が存在しています。

オステオパシーにおける4つの原則

1．ひとりの人間とは、身体、心、精神の単位（ユニット）である。

オステオパシーでは、身体は一つの繋がりあったシステムとしてとらえ、筋骨格系、神経系、臓器や内分泌系など、様々な身体の器官を調べ、原因を探り出し施術していきます。

さらには身体だけでなく、その背後にある心や精神とのつながりを配慮し、それぞれの働きが調和が取れるよう診療を行っていきます。

2．身体は自己調節、自己治癒、健康維持能力を持っている

スティル博士は「人の身体の内部には健康を維持する能力がある。もしこの能力を正しく認識し、正常に保つことができれば病気を予防することも治療することも可能である」と述べています。

身体・心・精神の調和のとれた状態では、人は様々な環境や状況に対して柔軟な適応力を発揮し、健康を維持して生きることができます。また症状や病気という複雑化した問題に対し、身体が潜在的に持つ自然治癒力が働きかけると考えています。

3．構造と機能は相互に関係し合っている

身体の構造（筋骨格系、内臓、血管など諸器官）が変化する事により、機能（免疫系、内分泌、神経系など、身体の働き）に影響を与え、また反対に機能が変化することで、構造も変化する、というお互いに相互関係にあると考えています。

オステオパスは構造と機能それぞれに働きかけ、身体・心・精神の調和を目指し施術していきます。

スティル博士は「異常が存在する身体が病気になることは、全てのものが正常な体に健康が存在するように自然なことである」と述べています。

4．合理的な治療は「身体の調和」「自己調節」及び「構造と機能の相互関係」の基礎的原理に基づいている。

オステオパシーの施術において、この3つの基礎的原理を踏まえることが重要となります。

スティル博士が繰り返し述べているように、病気とは身体の構造的な異常による、生理機能の不調和の結果であり、原因ではないのです。

スティル博士は「オステオパスは症状を扱うのではなく、原因を扱わなければならない。症状は、原因が調整されれば消失する」と述べています。

オステオパシーの歴史

スティル博士は140年前に、アメリカの西洋医学の医師として活躍していました。しかし、当時流行していた髄膜炎により、子ども3人と妻を治療の甲斐なく亡くしてしまうという悲劇を体験されました。

スティル博士は西洋医学に疑問を感じ、人体に対する独自の研究を始めます。

解剖学、生理学、自然科学などの広範囲な科学を徹底的に研究され、一つの治療思想を生み出しました。それは「完璧に共生された人間こそは、新鮮な血液を大量に作り出し、必要な時に、必要としているところにそれを運び込み、生命の営みを効率よく支える」という真理でした。

この思想に基づいて治療を行うと、当時不治の病と恐れられた様々な感染症や慢性疾患を劇的に改善させることができ、その思想の正しさに確信を得ていきました。

1874年にスティル博士は、この人類に有益なその治療思想を「オステオパシー」として発表します。

しかし当時の医学界からは完全に拒絶され、受け入れられることはありませんでした。

それでもスティル博士は信念を貫きとおし、全米をオステオパシーで治療して回りました。

全米各地で伝染病や内臓疾患に驚くほどの効果があったと記録されています。

スティル博士は最後にカークスビルという砂漠の小さな町で診療を始めました。

スティル博士の治療の評判は全米に知れ渡っており、噂を聞きつけ、オステオパシー治療を必要とする人、オステオパシー治療を学びたい人が集まってきました。やがてカークスビルには鉄道が敷かれ、ホテルやレストランが立ち並ぶようになりました。

ついに1892年、American School of Osteopathy（アメリカンスクール・オブ・オステオパシー）というオステオパシー大学を創立したのです。

そこで多くの優秀な学生とともに研究発表を繰り返し、ついには医学界も認める、ドクター・オブ・オステオパシー（D．O）という称号が与えられました。

アメリカでは２９校のオステオパシー医科大学があります。

D．O（オステオパシー医師）は、手術で執刀し、投薬の処方もできる資格を与えられています。

他にもヨーロッパ諸国、オセアニアなど、先進国を中心に大学があり、国家資格として認められている、世界で最も医学として認められた徒手医学なのです。

オステオパシーの考え方

身体は一つの繋がりあったシステムである

わたし達人間は、元はといえば一つの受精卵から生まれました。別々に見える、筋肉も、内臓も、脳も全て、一つの細胞から分裂してできているのです。

身体は、筋骨格系、血管系、神経系、免疫系、内分泌系、など、様々な器官や生理システムが強調しあいながら働いていて、全体として調和を取りながら生命を維持しています。

例えば森をイメージしていただくと分かりやすいと思います。森の中には、動物、植物、昆虫など、多くの生き物がそれぞれの役割を持っていて、まるで森という大きな生命を維持しているようです。

例えばその中のミツバチが減ってしまうと、植物の受粉がうまくいかなくなり、森の生態系は大きなダメージを受け、森の健全性は失われていくでしょう。

人の健康も、このように全体性の調和のなかに存在しています。

また、人の身体は７割が水だと言われています。それは血液、リンパ液、組織系、脳脊髄液などの体液です。全身の６０兆個の細胞にこれらの体液がめぐることで、細胞の老廃物を排泄し、栄養を与えることができるのです。

人の身体を骨や筋肉、内臓が積み上げた建物のように思っている人も多いですが、実は水風船の中に、骨や筋肉、内臓が引っ張り合っているようなイメージです。

全ての器官が繋がりあっているので、施術は全て、身体全体に反映されていきます。

人間は本来、自然治癒力を持っている

身体には生命力が流れ、この力により生命体は成長したり、病から回復することができます。例えば風邪をひいたり、怪我をしても、安静にしていれば回復し、傷が癒えていきます。この力が「自然治癒力」です。

しかし、自然治癒力には許容範囲があり、許容範囲を超える物理的または心理的外傷、有害な環境、日常的なストレスの積み重ねなどの結果、そこに強い問題が形成された場合に自然治癒力が発揮できず、生命力が減退していきます。

その結果、症状が慢性化したり、重い病気になっていくと考えられます。

障害を発生させる原因

1. **物理的外傷**：骨折や転倒、スポーツや交通事故などで起こる衝撃
2. **心理的外傷**：受胎～出生～現在までの心理的トラウマ

3. **精神的なストレス**：仕事環境、家庭環境、受験、人間関係

4. **生活習慣**：食生活、過労、睡眠不足、有害物質、ヒール等

5. **老化**

主にこのようなストレスにより、身体の組織が歪み、血管、神経などが圧迫され、正常な体液循環を滞らせ、生命力の流れを妨げます。

いうなれば、身体は常に治りたがっているのに、その道筋を立たれている状態が、症状や病気として現れているのです。

病気や症状の原因を探り出し、解除することで自然治癒力を引き出す

オステオパシーでは、肩が痛いとか、膝が痛いといった場合、痛みの発している部位に症状の原因があるとは考えません。

解剖学、生理学の医学的知識を念頭に、全身を綿密に検査していき、全体性の中から何が根本原因なのかを探し出します。

原因となる解剖学的異常を正しく再調整することで、滞っていた体液循環の再開を促します。

解剖学的異常が解除されると生命力が流れ込み、生体のシステム全体が治癒へのプロセスを開始します。

オステオパシーの最大の特徴として、筋骨格系、臓器・神経系・血管系・リンパ系・免疫系、内分泌系など人体のあらゆる器官を施術するための方法論があります。

また、生命を形成する全体のシステム自体に働きかけ、自然治癒力を最大限に引き出すことを目的とした療法です。

そのため、適応範囲は非常に広範囲であり、様々な医療機関に原因不明とされた症状が改善し、お喜び頂けることは多々あります。

また老化や、手術などで関節に不可逆的に変性が生じていたり、内臓が癒着している場合でも、それ自体を回復させることは不可能かもしれませんが、施術により機能を最大限に引き出すことで、症状を緩和し、生活の質を向上させることを得意としています。

人は、身体（body）、心（mind）、精神（spirit）のバランス

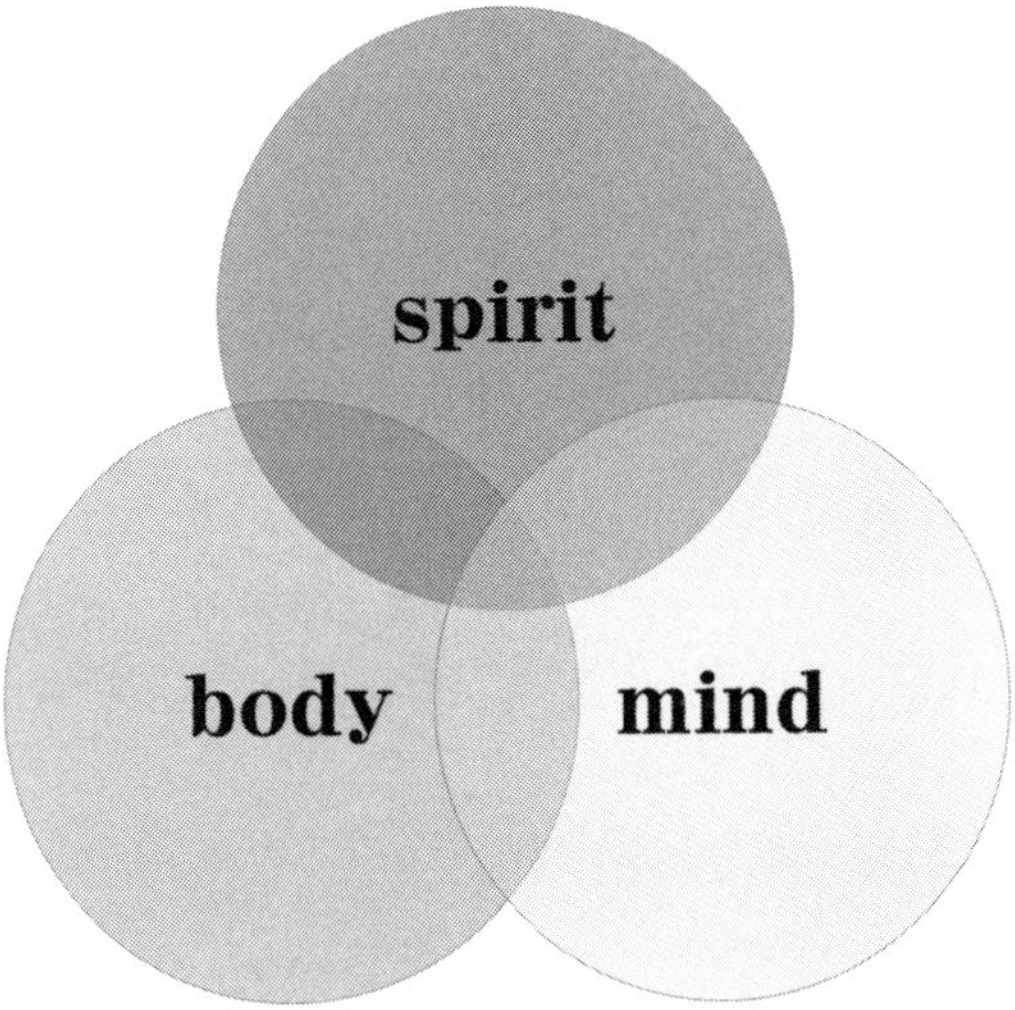

オステオパシーでは、人は「身体」と「心」と「精神」の三位一体で生きていると考えています。身体だけを見るのではなく、「心」や「精神」、それぞれの働きを大切にしながら施術を行います。

人が本当の意味で調和を取り戻せた時、「身体」と「心」と「精神」はリラックスでき、様々な環境やストレスに柔軟に適応することができます。

オステオパシーではこの三つのバランスが取り戻され調和のとれた時、真の健康な状態であると考えています。

オステオパシーの適応症

オステオパシーの適応範囲

オステオパシーの施術では、どんな症状やお悩みでも必ず全身を検査し、原因を探り出します。原因となる問題を解除することで、生体の調和を取り戻し、自然治癒力を最大限に高めることを目的とした療法です。

ですので、何か特別な症状や疾患に対して有効だということはなく、適応範囲は非常に広範囲です。

左記は、改善していかれた症例や、オステオパシーによる施術で改善が期待される症状です。

また、左記の症状以外でもオステオパシーにより改善が見込める症状は多くあります。

運動器系

腰痛、肩こり、寝違え、膝の痛み、むちうち症、首や背中の痛み、スポーツ障害、肩関節周囲炎（四十肩、五十肩）、頸椎・腰椎椎間板ヘルニア、骨盤の歪み、骨格の歪み、腱鞘炎、顎関節症、関節リウマチなど

神経系

手足の痺れ、坐骨神経痛、偏頭痛、歯の痛み、脳血管障害による後遺症、自律神経失調症、不眠、めまい、耳鳴り、神経症、更年期障害、自律神経失調症、不定愁訴など

消化器系

便秘、下痢、胃酸過多、腹部膨満感、など

婦人科系

不妊、生理痛や生理不順、月経前症候群、更年期障害、出産前後の腰痛・背部痛・骨盤矯正、子宮筋腫、卵巣嚢腫など

小児科系

てんかん、脳性まひ、小児ぜんそく、斜頸、斜視、夜尿症、消化不良など

アレルギー系

アトピー性皮膚炎、鼻炎、気管支炎、喘息など

オステオパシーは、日本においては現在西洋医学に取って代わるものではなく、補完医療代替医療としての役割を担っています。重度の疾患をお持ちの方はまずは医師の診断を受けていただくことをお勧めします。

深谷先生のプロフィール

幼いころから自然が好きで、学生時代は自然環境の破壊に大変心を痛めておりました。

「地球を救いたい」そんな想いを胸に、動物や自然にやさしい社会を作るため、社会人になって自然保護団体で働きました。

しかし社会への自分の無力さを知るなかで、本当に大切なことは、大切な存在を大事にできることだと気が付きました。

その想いから、家族、友人の健康を守る能力を身に付けるため、仕事と勉強を同時に始めました。

ご縁を戴いた方が、オステオパシーの施術により、幸せと自分らしさを見つけていただき、その人の周りにも幸せが広がっていくと信じています。

その良い波のきっかけになりたいと思っています。

3人兄弟の末っ子として育ち、兄とは年齢も離れていたこともあって、かわいがられて育ちました。

小さい頃から、虫のような小さな生き物にも、人間と変わらない命の重さを感じていました。生き物にいたずらする友達とはよくけんかしていました。

画家を目指す！

幼稚園から絵画教室、書道など芸術を学び続け、高校生のころには芸術大学を志すようになっていました。

高校時代は画塾に通い、塾が休みの日は美術室で絵を書いていました。夏休みなどは一日10時間以上デッサンし、画家になろうと思っていました。

京都精華大学という、芸術系の大学の日本画学科に進学し日本画漬けの日々を送りました。絵を学ぶ仲間と、毎晩夜中まで研究棟に居残りして、絵を描いたり、いろんなことを語ったりしていました。

特に、先住民族の絵に興味を感じ、オーストラリア国立大学に交換留学し、アボリジニーの絵を研究するなど、絵を人生のテーマとして深めていくようになっていました。

動植物と未来の子どもを守るための「自然保護活動」

しかし、ある時期に、人間の環境破壊によって生活を奪われていく野生動物のことが頭から離れなくなり、いても立ってもいられなくなった僕は、在学中から自然保護団体で働き始めました。

大学を卒業すると同時に自然保護団体に就職し、休みもほとんど無く、朝から終電まで自然保護活動に没頭しました。

しかし、仕事自体に情熱を感じることは、最後までできませんでした。「しなければならない！」という想いが強かったのだと思います。

仕事の内容で、環境を破壊する企業、野生動物を殺処分する行政との意見が対立し論争することが辛く、当たり前の事ですが、相手を否定して接しても、何も変わらない、分かってくれない、ということを痛感しました。

一年働いて、僕は自然保護団体を辞めました。

自分は何者なのかを探す旅～オステオパシーとの出会い

何をすべきか全く分からず、「自分らしさを見つける」という旅を始めたのです。

興味がある場所に行き、ご縁のあった人にお世話になる。そんな直感を信じて体験する旅です。

旅を始めて3か月が過ぎようとしていた頃、僕は熊野の修験道場の和尚さんと知り合い、山伏修行を始めました。

山を法螺貝を吹きながら歩き回り、滝に打たれ、瞑想し、お経を唱え、断食する、という古風な修行を行いました。

そんなある日、お寺に徒手医学を勉強している先生がやってきて、その先生が勉強しているオステオパシーという治療哲学を熱心に説明してくれました。

オステオパシーの治療の目的である「身体と心と魂の統合」

その先生が帰った後も、修行の中でその言葉は何度も僕の心に立ち上り、僕はワクワクドキドキしていました。

熊野の山々の中で、それは一つの人生の目的まで成長していったのです。

修行を終え、山を降り、徒手医学の勉強をするために日本中のいろんな団体の話を聴きに行きました。

業界のいろんな話を聞き、行動していく中で、自分にとって正しい道が少しずつ示されていきました。アルバイトを始め、勉強会にも出席するようになり、尊敬できる先生を見つけ、修行をはじめ、まもなく医療系の専門学校に通い始めました。

朝は7時から整骨院で修行をし、昼に学校に行き、学校が終われば飲食店で深夜までアルバイト。寝る時間は一日3～4時間というハードなものでした。

休みになると医学系のセミナーに出席し、そのたびに今までとは違う世界がどんどん広がっていくのを感じました。志を共にする仲間もでき、熱心にオステオパシーを教えていただく師匠とも出会い、勉強できることに楽しさと感謝が増しています。

いいことかは分かりませんが、稼いだお金は毎月全て勉強につぎ込んでいるので、ここ何年かは貯金が全くありません。

今現在

そんな僕ですが、もちろん今でも小さい頃や学生時代に感じていた、生き物たちへの思いは大切にしています。

今でも旅の中で知り合った、ネイティブアメリカンの集い、お寺での行、尊敬できる僧侶との対話を通して、地球に住む多くの生き物たちに感謝を伝えています。

僕のライフワークは施術を通して、ご縁のあった人を輝かせることです。

「自分らしくあれば命は輝く」誰かがこんなことを言いました。

施術を通して、今のあなたの身体を讃え、祝福し、励まし、あなたの身体が自分らしさを見つけ、周りを明るく照らせますように。という気持ちで施術を行っております。

オステオパシー治療室　＊ｉｎｉｐｉ（イニピ）　施術者　深谷直斗
http://planetdream.web.fc2.com/index.html

おわりに

――本書でお伝えしてきましたように、いよいよ！！！！！！！！！！

『根源の岩戸』が、全開となりました！！！！！！！！！！

しかし、この『根源の岩戸全開ＭＡＸ！！！』を、真に実現する＝永遠にキープ＆ギネス更新するために、絶対必要なことは！！！！！

それは、唯一最大の【宇宙の法則】そのものです！！！！！！

すなわち、Ａ＝Ｌ。アセンション＝ライトワークのアセンションの法則。

贈ったものが、贈られる（大いなるすべてにより１０００億倍となって！！！）。

上がった所から、降りてくる！！！　です！！！！！！！！！！

ゆえに、我々の愛と意志が、根源の１０００Ｄに届けば！！！！！

根源の岩戸が開くのです！！！！！！！！！！！！

それは、今、まさに始まっています！！！！！！！！！！！

しかしそれをゆるぎなきものにし、永遠の進化＝アセンションをますます遂げていくためには、様々な強化が必要です。

そしてアセンションの真の鍵とは！！！！！！！！！！！！

皆さん一人ひとりの中心、核心にあります！！！！！！！！！！

それは、皆さん一人ひとりの、《核心》そのものです！！！！！！！！！！

すなわち、皆さん一人ひとりが、本当に、心底、やりたいこと！！！　願うこと！！！　夢、希望です！！！

それが、皆さん一人ひとりが、宇宙に誕生した目的であり、使命なのです。

そしてそれこそが、唯一最大の、アセンションの鍵＝核心であり、一人ひとりのアセンション・ゲイトなのです！！！！！！！！！！！！

無限の進化＝アセンションへ向かっての！！！！！！！！！！！

ゆえに、真のアセンションとは、究極の幸福です！！！　一人ひとりにとっても、そして、宇宙のすべてにとっても。

前著で、そして本書でもお伝えしてきましたように、真のアセンションとは、本来、誰にでもできることであり、宇宙の進化という法則そのものであり、すべての生命の真の目的です。

そしてその核心は、とてもシンプルです。むしろ純粋な子供たちの方が、アセンションが早いと言えます。

（理想は、永遠の子供のような魂と、マスターの英知であると、マスター方も言っています）

特に二〇一〇年以降は、地球も宇宙も激動となっていましたので、前著も本書も、中今最新の動きの緊急テーマが主な内容となっています。

しかし、いよいよアクエリアスの時代の分岐点を過ぎましたので、中今の莫大な動きにも対応しながら、ようやく、土台となる基礎の強化も、進められると思われます。

実際に、現在すでに一部始まっており、この二〇一七年の春から、本格始動です！！！

いよいよ、新・神聖白色同胞団のアセンション・アカデミーの、公式始動です！！！

本来、誰でも可能であるアセンション。すべての生命の目的であるアセンション。

ゆえに、その本質は、誰にでもわかる、簡単なものです！！！！！！

大事なのは、気持ちだけだと思います！！！！！！！

自分も、みんなも、幸せになりたい、という！！！！！！！

その誰にでもわかる、アセンションのゲイトを、皆でともに、つくっていきたいと思います！！！！！
すべてのアセンション・ライトワーカーが、大きな、大きなゲイトとなっていくよう！！！

無限の愛と歓喜とともに

アセンション・ファシリテーター　Ａｉ

著者プロフィール

アセンション・ファシリテーター Ai（アイ）

高次と地上の愛と光のアセンション・アカデミーとライトワーカー家族NMCAA（New Macro Cosmos Ascension Academy）アセンション・アカデミー本部、メイン・ファシリテーター。高次と地上の、愛と光のアセンション・ライトワーカー家族とともに、日々、たくさんの愛と光のライトワーカーと、そのファシリテーター（アセンションのインストラクター）を創出している。主な著書は『天の岩戸開き―アセンション・スターゲイト』『地球維神』『愛の使者』『クリスタル・プロジェクト』『根源へのアセンション Ⅰ・Ⅱ』『皇人（すめらびと）Ⅰ・Ⅱ』『根源の岩戸開き』（すべて明窓出版）等。

◎ NMCAA アセンション・アカデミー本部へのご参加希望等のお問い合わせは、下記のホームページをご覧の上、E メールでお送りください。

NMCAA 本部公式ホームページ　http://nmcaa.jp

◎ パソコンをお持ちでない方は、下記へ資料請求のお葉書をお送りください。

〒663-8799　日本郵便　西宮東支局留　NMCAA 本部事務局宛

NMCAA 本部公式ブログ　http://blog-nmcaa.jp

NMCAA 本部公式ツイッター　http://twitter.com/nmcaa

mixi「アセンション Cafe Japan」

http://mixi.jp/view_community.pl?id=6051750

根源《こんげん》の岩戸開《いわとびら》きⅡ《ツー》

アセンション・ファシリテーター　Ai《アイ》著

明窓出版

平成二十九年八月一日初刷発行
発行者 —— 麻生真澄
発行所 —— 明窓出版株式会社
〒一六四—〇〇一二
東京都中野区本町六—二七—一三
電話　（〇三）三三八〇—八三〇三
FAX　（〇三）三三八〇—六四二四
振替　〇〇一六〇—一—一九二七六六
印刷所 —— 中央精版印刷株式会社
落丁・乱丁はお取り替えいたします。
定価はカバーに表示してあります。

ISBN978-4-89634-375-5
ホームページ http://meisou.com

根源の岩戸開き

アセンション・ファシリテーター　Ai

「最終の最終」の局面。
そして宇宙創始から、すべての存在が待ちに待った、
究極のゴールの始まり!!!
『根源のポータル』をくぐり、愛でひとつになる地球を、
ともに創っていく核心の役目とは?!

すべてが、本来あるべきところ=根源へ『還る』今。
皇紀二六七五年の日の本の正月から、究極のアセンション・ゲイトが開かれている。
最終アセンションを遂げ、輝く偉大な次のステージに入るためのプロジェクトがここにある。

(目次)

本体2200円

皇　人

アセンション・ファシリテーター　Ａｉ

愛と光と歓喜の本源へ還る。

宇宙と生命の目的である進化＝神化の扉を開き、地球と宇宙のすべての存在をライトワークで照らしていくためのガイダンス。

日の本全体の集合意識がひとつとなり、明き太陽の日の丸となり、大きくシフトをする重要なチャンス、日の本に住む人々全体の集合意識とそのアセンションに、大きく関わっているものとは？
それがこそが、真の『根源』へつながるものとなるでしょう。

（amazonレビューより）巷では、アセンションが起こると言われていた2012年。何も起こらなかったようで、目に見えないところでは、色々とシフトしていたこと。その上で、2013年は、どういう年なのか？　分かりやすく説明されていて、しかも、未来への希望を感じます。様々なところで、日本は世界の進化をリードする国だと言われていますが、今、日本に生まれ、日本人として生きている意味を、考えずにはいられません。飢餓にあえぐ世界の国々に比べたら、何もかもが豊かで、安全な国。被災して自分も苦しい時、周りの人を思いやることができる国。自分のことよりも、他のこと、全体のことを考えられる、国民性。日本について考えてみると、やはり、世界をリードする国が日本だということも、あながち嘘ではないのではないでしょうか？
少しでも世界をより善くしたいと思っているならば、自分にも何かできることがあるのではないか？ そんな想いが、胸に迫ってくる本です。

本体2000円

皇　人Ⅱ

アセンション・ファシリテーター　Ａｉ

今、日の本の封印解除が始まっている！

太陽の核心から生まれる輝き（ライトワーク）が、「皇人」への道を開く。


大遷宮祭を経て1000億年に１度のスーパーアセンションが始まった！


「新・三種の神器」とは？

「スーパーグランドクロス」「スーパーマルテン」の核心を明かす。

◎ライトワーカーとしての実働をより深く、よりスムースに進めるためのガイダンス。
根源太陽神界、ハイアーセルフ連合からの最新メッセージも収録

思い出してください。

「神」と呼ばれる母なる根源から、一つ一つの生命として生み出された私たち――

悠久の宇宙史を経験し、究極のエネルギーが動き出すこの時、核心となる地球で再会する約束。

ここに出逢えた歓びで♥を一つにし、手遅れになる前に、命ある限りのライトワークを共に！

本体2000円

根源へのアセンション
～神人類へ向かって！

アセンション・ファシリテーター　Ai

アセンションへの準備をしっかりとして、真の歓喜と幸福の中でその時を迎えるためのガイドブック。愛と光のすべての高次とのコラボレーションを楽しみましょう！　宇宙創始からのアセンションの統合が2012年、第2段階が2013年～2016年、最終段階は2017年～2020年。根源へのアセンション、神人類へ向かってのガイダンス。マル秘奥義が満載です。

根源へのアセンションⅡ
～究極の核心！

アセンション・ファシリテーター　Ai

今、神人類が誕生している!!!
地球と日の本の「黄金龍体」＝スシュムナーの莫大な覚醒はすでに始まっている！
宇宙規模のオセロがひっくり返るその時までにすべきこととは何か？
〈核心〉の〈核心〉の〈核心〉にフォーカスする唯一の方法とは？
あなたが究極神化するためのライトワーク最前線！
アセンションの秘技に参入せよ！

第一章　旧宇宙時間の終わり　緊急事態宣言Ⅱ！
第二章　地球のゲイト　生命エネルギー／オリオンの太陽／生命の源
第三章　おかげ年　二〇一四アセンション／神聖白色同胞団／神聖なポータル／日の本の大遷宮（Ⅱ）
第四章　究極のゼロポイント　愛のイニシエーション（1）／究極のゼロポイント／愛のイニシエーション（2）
第五章　究極の核心　神　年／核融合／黄金人類の誕生
第六章　アセンション・レポート
第七章　宇宙お誕生日
特別寄稿　根源へのアセンション　直日女
究極の核心　Ｌｏｔｕｓ
特別寄贈　（書画）　光悠白峰先生より

本体2300円

愛の使者

アセンション・ファシリテーター　Ai

永遠無限の、愛と光と歓喜のアセンションに向かって——

宇宙のすべての生命にとって、最も重要なことを解き明かし、はじめでありおわりである、唯一最大のアセンション・スターゲイトを開くための、誰にでも分かるガイドブック。
中今の太陽系のアセンションエネルギーと対応している最も新しい「八つ」のチャクラとは？
五次元レベルの波動に近づけるために、私たちが今、理解すべきこととは？

（読者さまの感想文より）アセンションに向けて、完結に総合的にまとめられていますが、勉強するものにとっては、奥が深く、すべてが重要な内容ですね！！　愛を起点に、目指すべきものがわかったような気がします。神智学などを勉強していて、行間が読める人なら、この内容に絶句しているのではないでしょうか……。

(文庫判)　本体476円